魔物をお手入れしたら懐かれました2

A L P H A L I G H T

羽智 遊紀
UCHI YUKI

アルファライト文庫

CHARACTERS

和也

生き物が大好きな青年。
手にした特殊能力
「万能グルーミング」で
異世界中の
魔物を手なずける。

フェイ

魔王四天王の一人。
魔王とは幼馴染の友達。
目下婚活中。

マリエール

魔王。歴代最強と
言われる実力を持つ。

神々しくてかっこいい、
神獣スレイプニル。デカい。

司令官

魔王領辺境の砦を
治める狼族の男。

スラちゃん1号

和也のことが大好きなスライム
炊事洗濯からバトルまで、
なんでもこなす。

ルクア

魔王四天王の一人、
「土」のマウントの娘。
和也と婚約したいと思っている。

ひょんなことから異世界セイデリアにやって来た、生き物大好き青年、和也。

セイデリアの創造神エイネから、魔物と仲良くなることで世界を救ってほしい！　という訳のわからないお願いをされた彼は、その使命をすっかり忘れつつも、なんだかんだ魔物と仲良くなりまくっていた。

なぜ、ただの生き物大好き青年に過ぎない和也が魔物と仲良くなりまくれたのか。それは、彼に授けられた能力「万能グルーミング」のおかげである。

万能グルーミングとは、魔物をお手入れする道具をイメージした通りに作りだせるという特殊能力。それで生みだした道具で魔物達をグルーミングすると、魔物達はつやつやになるわ、極楽気分だわ、時には進化しちゃうわで、和也にべったりになってしまうのである。

そんなわけで和也が拠点とした「無の森」には、エンシェントスライムのスラちゃんをはじめ、犬獣人のイーちゃん、猫獣人のネーちゃんなど無数の魔物達が暮らすようになる。

そして、この世界の一大勢力として目立ち始めていた。

当然、和也達に警戒の目を向ける者達が現れる。

魔王マリエールを頂点とする魔王領の面々も、色々と常識外の和也にビビりまくっていた。

諜報部隊の土竜一族の族長グラモによって伝えられた和也の偉業にますます怯えたマリエールは、土の四天王マウントを派遣したのだったが……

和也達を監視するはずが、和也のグルーミングにすっかりハマり、マウントは拠点から離れようとしなくなってしまう。

そんな彼を連れ戻すべく（?）、さらなる刺客が無の森を訪れようとしていた……

1．突然の来襲

「こぉぉんのぉぉ馬鹿亭主がぁぁぁ！　そこから動くなー」

突然の咆哮と共に、嵐（?）がやって来た。

振り返ったマウントの顔が一瞬で引きつり、真っ青になる。

彼はワタワタしながら絶叫する。

「ちょっと待て！　説明すればわか……ぬろぉぉうがうぁぁぁなぁぁぁ——がふっ」

マウントの頬に、嵐が炸裂した。

何度も大きくバウンドして数メートルほど吹っ飛び、部屋の壁に激突したマウント。彼はビクンビクンしつつ身体を起こそうとし——顔だけは動かせたもののやがて力尽きた。

ピクリとも動かなくなったマウントの腹の上に、一羽の鳥が降り立つ。魔王マリエールが作りだした呪言の鳥、トーリである。

トーリはまったく反応しないマウントをつついて首を傾げると、興味をなくしたように飛んでいった。

そうしてトーリは和也の肩にやって来て、甘えるように身体をこすりつける。

和也がトーリに声をかける。

「ものすごく面白い感じで吹っ飛んでいったけど、大丈夫そうだった？」

「くるるる」

和也はマウントの方に視線をやった。

マウントは左頬を面白いほど陥没させ、白目を剥いて口から泡を吹いていた。呼吸はしっかりとしているようなので、単に気絶しているだけらしい。

「うん。トーリがそう言うなら大丈夫そうかな……見た感じは大丈夫じゃなさそうだけど。マウントさんって頑丈なんだねー」

そこへマウントをふっ飛ばした張本人がやって来る。その女性は両手でスカートを軽くはたくと、和也に声をかけた。

「初めまして和也様。私は、そこで面白い顔になっているマウントの妻、アマンダと申します」

アマンダと名乗った女性はかなり小柄で、さっきマウントを吹き飛ばしたとは思えないほど大人しそうな雰囲気だった。美しいストレートの金髪は腰まで伸び、青い服を着たその姿は可愛らしさに満ち溢れている。

和也は戸惑いながら応対する。

「えっと、マウントさんの奥さんなの？　そ、そうなんだ。それにしても激しい挨拶だったね。初めまして和也だよ、よろしく！　それで、マウントさんをお迎えに来たの？」

「いえ、迎えに来たのではなく私も——」

アマンダはそこで言葉を切ると、ふとマウントの部下達の方に顔を向けた。そして
「——ちょっと失礼しますね。和也様」と口にして彼らの方へ歩いていく。

マウントの部下達は和也とアマンダを見てひそひそ話し合っていた。

「さすが和也様だな」

「アマンダ様の一撃を見ても動じないとは」

「俺はもうだめだ。久しぶりにアマンダ様の覇気をくらって、膝ががくがくしている」

「アマンダ様の動き、磨きがかかってないか？　以前までは目で追うことができたが、

さっきは残像しか見えなかった」

アマンダがマウントの部下達に話しかける。

「あらあら、お前達。私のことをあれこれ批評するなんて、随分と言うようになったわね。それだけ強くなったと思って良いのかしら……後で腕前を見てあげるから、訓練ができるところへ案内しなさい！」

「「「はっ！　かしこまりました！」」」

部下達は直立不動で敬礼するとワタワタしだした。そして、アマンダに言われた訓練ができるような場所を用意すべく、あちこち走り回る。

そんな中、スラちゃん1号がやって来る。

スラちゃん1号は触手の動きだけで「何事ですか？　あら、お客様ですか？　初めまして、無の森の盟主である和也様の身の回りのお世話を任されている、スラちゃん1号と申します。今日はどういったご用で？」と伝えた。

しかし、アマンダにはスラちゃん1号の動きからその意図を読み取ることはできない。

アマンダは唖然として口を開く。

「まさか、エ、エンシェントスライム？　そんな……実在していたなんて！　でも、伝承通りの見た目――じゃないわね？　頭に載っているサークレットは何？　触手の先に付いているのは？　ものすごく凶悪な感じだけど――」

スラちゃん1号の触手に装備された色とりどりのガントレットを目にしたアマンダが、そう指摘すると……スラちゃん1号は魔王さえたじろぎそうな殺気を放った。サークレットもガントレットも和也からのプレゼントなので、凶悪と言われてムッとしたのである。

アマンダは全身から汗を流して声を出す。

「い、いえ、何でもありませんよ。よくお似合いです。ほ、本当にそう思っていますよ。本当ですって！」

震えるアマンダに、和也が問いかける。

「結局、アマンダさんは何しにここに来たの？　マウントさんのお迎えじゃないって言ってたけど……」

「え、ええ。そうです。やって来た理由はあります。そこのくそ亭主なんてどうでもいいのです。和也様がどのような方か気になりましたので、見に来ました」

ちょうどそのタイミングで、マウントがムックリと起き上がった。マウントは頬を押さえながら会話に参加してくる。

「おいおい。亭主を全力で殴りつけておいて、その言い草はないだろ」

「あら、生きてたの？　元気そうね、旦那様」

そう言って残念そうにするアマンダ。

マウントは苦笑しつつ言う。

「ああ、久しぶりだ。アマンダ。相変わらず良いパンチを持っているな。そっちこそ元気そうで何よりだよ。ところでルクアは一緒じゃないのか？」

アマンダは微笑むと、マウントの背後を指さす。

「ほら、そこにいるじゃない」

「どこにだ？　は？　後ろを見ろって？　な！　あぁぁぁのぉぉぉぉうろあぁぁぁぁあ――」

振り返ったマウントの頬を、再び激しい衝撃が襲う。

そのままマウントは、数メートルほど吹っ飛んでいった。彼はビクンビクンと身体を震わせ、「良いパンチだったぜ」と一言発して気絶した。

「おお、今度もよく飛んでいったねー。それがマウント家での挨拶なのかな？」

和也がそんな呑気なことを言っていると、マウントを殴りつけた女性が声をかけてくる。

彼女はアマンダと同じように、スカートの裾を摘まんで優雅に挨拶してきた。

「初めまして、和也様。いつも父のマウントがお世話になっております。マウントとアマンダの娘、ルクアと申します。今後とも末永く、よろしくお願いします」

ルクアと名乗ったその女性は、満面の笑みを浮かべたのだった。

２．報告会と歓迎会

ルクアの顔は母のアマンダと似ているが、アマンダが小柄で可愛らしいのに対し、彼女の方は長身でキリッとした佇まいだった。またその一方で、笑うと可憐さを醸しだす不思議な魅力を持っている。

「初めましてー。挨拶代わりに殴り飛ばす家風に驚いている和也だよ！　それにしても良い一撃だったね。何か習ってたの？」

和也の妙な質問に、ルクアは笑みを浮かべる。

「ふふっ。面白いことおっしゃいますね。普段はそんなバイオレントなことはしませんよ。ご安心ください。父に色々と雑務を押しつけられてちょっとばかりイラッとしたもので、母の制裁に私も便乗しただけです。そして和也様との婚や――ひゃぅっ！」

ルクアはそう言うと和也にさりげなく近づき、腕を組もうとする。どういうわけか彼女はすでに婚約まで考えているらしかったが……

突然殺気を感じて顔面蒼白になる。

ルクアは慌てて和也から離れ、視線を巡らせた。彼女の周囲を、四体のエンシェントスライムが囲っている。

殺気の充満した部屋に、和也の気の抜けた声が響く。

「あれー、どうかしたの？　今日は4号まで来てるじゃん。え？　月に一回の拠点報告会があるって？　そうだった！　ごめんごめん、忘れてたよ。え？　早く会議室に来てくれだって？　わかったよ。ごめんねー。ちょっと会議があるからまた後でねー」

スラちゃん2号から説明された和也は頭を掻きながら謝罪し、そのまま会議室に向かおうとした。しかし、ふと気づいて立ち止まる。

そして、アマンダとルクアに声をかける。

「アマンダさんとルクアさんはゆっくりしていってね。ちびスラちゃん。二人を任せてもいい？　俺も後で参加するから」

その場にいたちびスラちゃん達が「了解しました！」と触手を動かして答える。ちびスラちゃん達はアマンダとルクアに向かって、ついてくるようにと弾んだ。

ちびスラちゃん達は、気絶したマウントを部屋の端に寄せるという気遣いも忘れなかった。その様子は、アマンダからすればマウントが捕食されるように見えていたが。

ちびスラちゃん達の後ろを歩きながら、ルクアはアマンダに話しかける。

「エンシェントスライムがあれほどいるなんて、死を覚悟しましたわ。それにしても和也様はすごいですわね。あの殺気を一瞬で霧散させるのですから。ところで、こっちの小さいスライムは可愛いですわね」

「私は貴女の死を意識したわよ。貴女が『可愛い』と言った小さいスライムは、エンシェントスライムの分体だからね」

「へ？」

呆気に取られているルクア。

部屋の隅で気絶しているマウントにはたくさんのちびスラちゃん達が群がり、触手でツンツンしていた。トーリも一緒になってくちばしでつついている。

こうしてルクアとアマンダの二人は、食堂に案内されていった。

❖　❖　❖

会議室では、和也とスラちゃん達が熱心に話し込んでいる。議題は、拡大した和也の拠点についてである。

「へー。ものすごく発展してるんだね。これもスラちゃん達の頑張りのお陰だよねー」

スラちゃん達からの報告を聞いて感心している和也に、スラちゃん3号が触手の動きで次のように伝える。

「他の場所にいた犬獣人達も、元ゴブリンの洞窟で保護しております。それと、洞窟を拡張した際に新しい鉱床を見つけました。他には、モイちゃんの糸も量産体制に入っております。今は二十四時間六交代制で途切れることなく生産を続けていますので、魔王領への出荷も少量ですが可能です」

「うーん、モイちゃんの糸で俺の服をもう一着作ってほしいかなー。替えも必要だしね」

コイカの糸には自浄作用があるため洗う必要はない。だが、そんなことを和也は知らなかったので、贅沢にもお願いするのだった。

それから話題を変え、先ほどスラちゃん達がルクアと交戦しようとしていた話になる。

「そういえば、さっきスラちゃん達怒ってなかった？　ひょっとして俺を取られると思ったの？」

和也の質問にスラちゃん達は動きで肯定を示すと、和也はにっこり笑って続ける。

「馬鹿だなー。そんなことあるわけないじゃん！　可愛い奴めー。いでよ！　万能グルーミング！　うりうりー。もう、順番につやつやにしてやんよ！　綺麗にしてあげるからねー」

万能グルーミングで手袋と艶出しワックスを作りだすと、スラちゃん1号が拒否するような仕草を見せ、「ちょっと待ってください！　まだ、会議中ですよ！」と伝えた。

しかしすぐに折れ――

「もう、本当にしょうがない人ですね。私は最後で良いですから4号からお願いしますね。

この子が一番頑張ってますから」と触手の動きで伝えた。

和也はスラちゃん1号が見せた譲り合いの精神に感動してしまう。

「わかった！　じゃあ、スラちゃん4号からだね。スラちゃん3号とスラちゃん2号の後に、スラちゃん1号でいいんだよね？　了解。全員をつやつやにしてやるー。会議なんて後回しだー」

和也は艶出しワックスをスラちゃん4号に塗りたくりながら、手袋を縦横無尽に使って自分の持つ技術を惜しみなく発揮するのだった。

「いやー実に素晴らしい！　見事につやつやに仕上げることができましたー。俺ってやっぱりすごいなー」

和也がそう呟きながら、満面の笑みを浮かべて食堂にやって来る。

彼の後ろを、神々しさすら感じるほどつやつやしたスラちゃん達が続く。スラちゃん達のあまりの輝きっぷりに、食堂にいた犬獣人、猫獣人、ちびスラちゃん達がざわめき始める。

そんな彼らに向かって、スラちゃん1号が触手の動きで「ふふふ。貴方達も頑張れば、和也様からご褒美があります。だからしっかりと仕事をしなさい。そうすれば私達のようにグルーミングをしていただけますよ」と伝える。

すると、一同は和也に視線を向けて大きく頷き、突然円陣を組んで気合いを入れだした。

「おお。なんか頑張ろうとしてるねー。いいよー。実に素晴らしい。じゃあ景気よく、軽めのブラッシングをしようかな」

和也の言葉に、食堂に集まっていた者達の空気が変わる。

最初に行動したのは犬獣人のイーちゃんだ。彼は素早く和也の前に立つと尻尾を大きく振りながら、期待に満ち溢れた顔で待機する。

「おー。さすがはイーちゃんだね。じゃあ最初は君に決めた！　いでよ！　万能グルーミング！　軽めのブラッシングだから絡まっている毛を梳くくらいだよー」

「きゃうううう！　きゃうきゃう！」

和也からブラッシングを受け、イーちゃんは嬉しそうに身悶えする。一分とかからずに光り輝くイーちゃんができ上がった。

「え？　そんなに早く？」

思わず呟いたルクアに、和也はブラシを左右に振りながら笑顔で答える。

「ふっふーん。当然だよ。俺のテクニックにかかれば一瞬で皆が虜になるぜ！　ふっ」

「さ、さすがですわ。和也様。私も行列に並んでもよろしいで――ひっ！　ひゃぁぁぁあぁ」

食堂にいる全員からの威圧がルクアを襲った。

　思わず悲鳴を上げたルクアを見て、和也はやれやれといった表情を浮かべると、周りを見渡しながら注意する。

「こらー。ルクアさんはお客様だぞ。そんなに睨んじゃダメ！　いいよ、ルクアさん。順番だから最後になるけど、俺のブラッシングで良ければどうぞだよー」

「は、はい。ありがとうございます！　皆様、最後尾に並ばせていただきます」

　和也に怒られた一同がしゅんとしている中、ルクアは列に並ぶ。そして前に並んでいたちびスラちゃんに声をかける。

「よろしくお願いいたします。不束者ですが、和也様や皆様の助けになるよう一所懸命頑張って働きますので」

　すると、ちびスラちゃん達は戸惑ったような動きを見せた。「あれ？　婚約者として来たんじゃないの？　だったら仕方ないなー。仲間にしてあげるよ。でも特別だからね」ということを動きで伝えたが、ルクアにはわからない。

　それどころか、ルクアはちびスラちゃんの輝きに魅せられ、発作的に抱きついてしまう。

「ふわぁぁぁ！　なんですの！　この艶やかさは！」

　そう口にしつつ頬ずりまで始めるルクア。

　あまりの弾力、あまりの艶やかさ、あまりの神々しさに、ルクアがウットリとした表情を浮かべていると、和也がブラッシングの手を止めて近づく。

「何をしているの？　まさか……」

「はっ！　も、申し訳ありません！　和也様の大事なお仲間に――へっ？」

ルクアが青い顔をして謝罪しようとすると、なぜか和也は満面の笑みを浮かべた。そして彼はルクアの両手を取って大きく上下に振る。

「え、えっと。そ、その。和也様？」

「いやー、まさか同志がいるなんて思わなくてさ。やっぱりルクアさんもわかるよね、スラちゃんやちびスラちゃん達のつやつやの良さが！　さすがルクアさんは良い感性をしてる。この子は一番最近グルーミングした子だから、つやつやが残っているんだよー。それがわかるなんていいよ、本当に！」

「え？　いやそんな……違います。違い――ちょっ！」

上下に動かされていた両手を離されホッとしたルクアだったが、次の瞬間、両脇をつかまれてグルグル回された。

グルグル回しは数分続き、ルクアの足が地面と再会させてもらえた時には目を回しており、彼女はすぐにしゃがみ込んでしまった。

「うえぇぇぇぇ」

「ごめんごめん。ちょっと嬉しくてテンションが振り切れちゃった。そうだ！　同志として、ルクアさんが気に入ってくれたちびスラちゃんγ（ガンマ）を配下にしていいよ！」

急な展開に「え、マジで？」という顔をするルクアとちびスラちゃんγ。

戸惑う二人をよそに、和也はもふプニ好き仲間が増えたことを喜んでいたが、そこへアマンダが割って入る。ちなみに彼女はイーちゃんのすぐ後ろの二番手に並んでいた。

「その……和也様。私もちびスラちゃんを一匹欲しいのですが」

「ん、いいよ！　お母さんとしても仲間に入りたいよね。うん、ちびスラちゃんω(オメガ)を配下にしていいよ！」

和也はそう言うと、「え？　私ですか？」と言わんばかりの動きで驚きを表現しているちびスラちゃんωに向けて、親指を立てて大きく頷いた。

3．歓迎会だったはずだよね？

スラちゃん１号が「本来なら、ちびスラちゃんを渡すなんて認められませんが、和也様が言うなら仕方ありませんね。ですが、大事にしなければ許しませんよ？　私の可愛い分体ですから」と触手を動かして伝えると、アマンダとルクアに近づく。

ルクアはスラちゃん１号の意図を読み取れず、殺気さえ感じていた。彼女は青い顔でちびスラちゃんγを抱きしめ、恐る恐る和也に確認する。

「あ、あの。エンシェントスライム様は何を言っておられるので……」

「ちびスラちゃんを大事にしてねって！」

「もちろんです！　ちびスラちゃんγちゃんは大事にしますよ！　配下ではなく親友です！　ね、γちゃん」

　ちびスラちゃんγは「仕方ねえなー。特別に親友になってやんよ」との感じで、ルクアの腕の中で何度も弾んだ。

　スラちゃん1号はルクアに近づくと、タオルでちびスラちゃんγを拭き始めた。

「お？　スラちゃん1号もいいテクニックを持ってるね！　じゃあ、俺から五回以上グルーミングを受けてる子は、スラちゃん1号にグルーミングをしてもらうように！　物足りなかったら、スラちゃん1号が終わった後に俺のところに来たらいいよ」

　和也がそう言うと、五回以上グルーミングされている者達は残念そうな顔をしたものの、スラちゃん1号を試してやるよと言わんばかりに並び始めた。

「じゃあ、それ以外の子は俺のところねー」

　ちびスラちゃんγとちびスラちゃんωは、和也に五回以上グルーミングしてもらっているので、スラちゃん1号のもとに向かうためにアマンダとルクアから離れていく。

　一方、アマンダは和也の方に向かっていった。

「ではよろしくお願いします！」

「お、まずはアマンダさんだね！　ブラッシングだけだからねー。ん？　ちょっと髪が傷んでるよ。毛先はカットするね。いでよ！　万能グルーミング！　はい、椅子に座ってねー」

緊張した面持ちで和也の前に座ったアマンダの髪を見て、和也は眉根を寄せる。そして万能グルーミングでハサミやブラシと霧吹きを作りだすと、カッティングを始めた。

霧吹きで髪を濡らし、毛先をカットしつつ、傷んでいる箇所にはスラちゃん1号特製のポーションを振りかけていく。完全に間違った使い方だが、和也は気にすることなく作業を続ける。

「ふわぁぁぁぁ。なんですか、この感じは？　ブラシを通されるたびに幸せが満ち溢れてきます。マウントはこんな素晴らしいことをやってもらっていたのですか。和也様のために生きようと思うのも納得です」

「今回は、ブラッシングと毛先をカットしただけだけど、それでも気持ちいいでしょ？　全身をしっかりグルーミングすると、みんな疲れ果てちゃうんだよね。今のところスラちゃん達くらいかな？　俺の全力グルーミングを受けても大丈夫なのは」

幸せそうにしているアマンダを見ながら、和也も嬉しそうにする。

彼の横ではスラちゃん達が「当然です！　和也様と出会ってから寵愛を受けているのですよ！」と言わんばかりに触手を動かしていた。

「つ、ついに私の番ですね！　さあ、よろしくお願いします！　和也様」

一時間ほど待たされたルクアが嬉しそうな顔で和也の前にやって来た。和也の周りには満足げな表情を浮かべて寛いでいる者達がおり、アマンダも椅子に座って自分の髪を何度も触りながらウットリとしている。

アマンダがルクアに話しかける。

「早くルクアもしてもらいなさいな。この世の幸せを感じることができるわよ」

「それほどですか？　確かに楽しみにしておりますが……」

期待と不安が半々のルクアだったが、和也の手が髪に触れた瞬間、それだけでビクリと震えてしまう。

「ほわぁぁぁぁ。な、なんですのこの心地よさは……」

「ふははははー。そうじゃろうそうじゃろう。俺のテクニックにかかれば、皆が骨抜きになるのだー」

和也は変なキャラになりながら、ブラッシングを続けていく。ルクアは恍惚の表情を浮かべつつ呟く。

「ああ、これは人をダメにしますね。いえ、私は魔物ですけど」

「だろー。頑張ったら、俺の神髄のグルーミングをしてあげ――」

和也が言い切る前に、ルクアは発言を遮る。そして彼女は和也の手をぎゅっと握ると、勢いよく詰め寄る。

「頑張ったら神髄のグルーミングですって？　もちろん頑張りますわ！　何をすればいいんですの？　領地から人員を派遣すれば？　それともお父様と一緒に砦の運営をすればいいのですの？　ああ！　ブラッシングを止めないでくださいませ！」

いつの間にか、ルクアの喋り方は令嬢チックになっていた。

「わわ。手を握られたらブラッシングができないじゃん。お手伝いをしてくれるならなんでもいいよー。後はマウントさんと相談してくれたらいいから」

和也は困ってしまったものの、ルクアの手を優しく解くと、笑顔でブラッシングを続けるのだった。

一方その頃、スラちゃん1号の方は——

「ふっふっふ。私のテクニックもなかなかでしょう？　和也様の動きを再現していますからね。本家本元の和也様には遠く及びませんが」と触手を動かして弾んでいた。

スラちゃん1号の周囲には、そのテクニックに負けて悔しそうながらも満足げな表情で、犬獣人、猫獣人、土竜一族が転がっていた。

和也はそんな様子を面白そうに眺め、久しぶりに見かけた土竜一族に尋ねる。

「あれ、こっちに来てたの？　街道工事を一族総出でやってると聞いていたけど。そういえば最近グラモも見てないよね？」

土竜一族の数名が顔を見合わせて相談を始める。

「おい、どうする？」

「たまたま拠点にいて和也様のブラッシング話を聞いたから勢いで参加しちゃったけど、ヤバかったか？」

「仕方ないだろ！　和也様のブラッシングだぞ！　我慢できるわけないだろ！」

「まさかスラちゃん1号様に回されるとは思わなかったけどな」

痺れを切らした和也が割って入る。

「ねーねーってばー。面白そうな話なら俺も交ぜてよー」

「し、失礼しました。我らは街道工事の材料が足りなくなって拠点に寄っただけなのです。それとお気にされていたグラモ様ですが、現在は魔王城に向かわれております」

土竜一族達はさらに、グラモは魔王マリエールに課せられた借金の一部を返済するために魔王城へ戻っていることを伝えた。

「え？　グラモって借金があったの？」

「ええ、魔王様の諜報部隊から抜けられる時に多額の借金を……」

「そうなんだ。そこまでしてこっちに来てくれたんだね。それで、借金返済の目処は立ってるの？」

心配そうに尋ねる和也に、土竜一族の者達は感謝の表情を浮かべながらも、自分達は詳しいことは知らないと伝えた。

「申し訳ありません。情報をお伝えできなくて」

「気にしなくて良いよ。俺に協力できることはある？　グラモや皆にはお世話になっているからね」

和也の言葉を聞いて、一同は泣きそうになった。

「お気持ちだけで――」

遠慮がちに感謝を伝えてきた土竜一族の言葉を遮るように、ルクアがちびスラちゃん♪を抱きかかえた状態で話しかける。

「あの、和也様。そこまでお気になさらなくても大丈夫かと」

「え？　どういう意味？」

「和也様がマリエール様へお渡ししている土産で十分かと思います。なぜなら――」

「こら、ルクア！　待ちなさい」

そう言って遮ったのは、アマンダである。

和也による魔王へのお土産攻勢は金額にすると天文学的な額に達しており、それを和也に認識させない方が良いと話し合いが行われていた。そして、魔王領としては釣り合いが取れるお返しを提示することになっていたのだが……

アマンダが具体的な金額は言わずにふんわりとそのことを伝えると、和也は呑気に言う。

「そうなの？　俺のお土産ってそんなに価値があるんだ」

「え、ええ。そ、そうですわね。おーほっほっほ！」

アマンダは和也に引きつった笑いで応える。

そしてルクアに「どうしてくれるのよ、この馬鹿娘が。これで気を良くした和也様のお土産攻勢が強まったら！」と言わんばかりの視線を向けた。

すると、和也はさらりと告げる。

「俺のお土産にそれほど価値があるなら、グラモの借金を少しでも減らしてもらおうかな」

「は？」

「ひっ！　お、お母様……ごめんなさい……」

唖然とする母娘。アマンダが震えながら言う。

「あ、あの。和也様。その――」

「あっ、そうだよね。プレゼントくらいじゃ全然足りないよね」

「え？」

アマンダは「そんなことをしては、グラモのためにならない」と言おうとしたのだが、和也は手を打ちながらとんでもないことを言いだす。

「ちょっと待ってね。スラちゃん1号。今回の報告会で納品されたやつでグラモの借金返済に回せそうなのはあるかな？」

「あ、あの！　ちょっと待ってください！」

和也とスラちゃん1号が用意しようとしたのは、グラモの借金返済というレベルではなく、本格的に交易ができる量だった。

そして、次々と品が用意されていく様（さま）を、アマンダとルクアは呆然（ぼうぜん）と眺めるのだった。

4．和也の暴走（ぼうそう）が始まる

マウントが両頬をさすりながら歩いている。

「はー。酷（ひど）い目に遭（あ）った。嫁（よめ）さんと娘に殴られて気絶するとは……俺も焼きが回ったものだぜ。しかもよくわからねえが、気絶している最中に宴会が始まってるじゃねえか。こうなったらストレス解消がてら腹いっぱいに食ってやる」

ブツブツ言いながら歩いていると、宴会場となっている食堂から部下達が慌ただしそうに走ってくる。マウントは一人を捕まえて確認する。

「おい、バタバタしているようだが、何かあったのか？」

「あっ、マウント様！　急ぎ和也様のもとへ向かってください。アマンダ様がお待ちです」

その部下はマウントと話しながら、走り回る別の部下に声をかける。

「おい！　そっちじゃない。積載量よりも小回りが利く馬車を用意しろ！　それと護衛の数は三十ほど確保しておけ。他の作業は止めて構わん。安全確保以外の要員は総動員だ。それではマウント様、急いでおりますので失礼します」

「お、おい。俺の命令なしに動くとは……また、和也殿が何かしたのか？　また、コイカの糸やオリハルコンを山ほど土産に渡すとか言いだしたんじゃないだろうな？」

鬼気迫る様子で去っていった部下を眺めながら、マウントは背筋に嫌な汗をかいていた。

マウントが改めて周りを見渡すと、宴会をしているはずなのに、旅立ちの準備をしている者が多く、装備も一線級の物を着込んでいた。

「あいつらどこに行くんだ？　戦場か、超重要人物の護衛か、貴重な荷物を運ぶのか……どちらにせよ、結構な装備じゃねえか。アマンダが指示を出したのか？」

何が起こっているのか理解できないまま食堂にやって来たマウントは、室内のさらに異常な光景に呆気に取られる。

　部屋の中央では和也が楽しそうに何かを作っており、その横ではスラちゃん1号が和也に道具を手渡したり、和也の汗を拭いたりしていた。その周辺では、ちびスラちゃん、犬獣人、猫獣人、土竜一族が、そうしてでき上がった品物を運びだしている。

　そして部屋の隅では、ルクアがアマンダにアイアンクローをかけられていた。

「おい、何があったんだよ？　和也殿は何を作ってるんだ？　この戦場のような騒ぎはなんだ？　それとルクアにアイアンクローをしているのはなぜだ？　そもそも、この騒動はアマンダの指示で――」

　マウントの呟きを聞きつけたアマンダが声を上げる。

「は？　私が指示するわけないでしょうが！　ふざけたことを言っているのは誰よ！　……なんだ、貴方じゃない。ちょうど良かったわ」

　ルクアにかけていたアイアンクローを解くと、アマンダはマウントに顔を向けた。

「この子のお陰で、魔王様の胃壁に痛恨のダメージが行くことになるわ」

「何があったんだよ」

　そのまま倒れたルクアは気絶していた。魔王領では高嶺の花と呼ばれているルクアだったが、今やその面影はない。口から泡を吐いて、白目を剥いていた。

「生きてるよな？」

「当然よ。お腹を痛めて産んだ子よ。大事にしてるからアイアンクローで我慢したんじゃない」

アマンダは冷たくそう答えると、近くにいた兵士にルクアを奥の部屋に運ぶように伝える。一部始終を見ていた兵士は震えながら頷くと、ルクアを担いで逃げ去っていった。

マウントがアマンダに尋ねる。

「それで？　和也殿は何を作ってるんだよ？」

「横断幕よ」

「は？　なんでまたそんな物を？」

思ってもみない答えが返ってきて、マウントが混乱していると、横断幕が作られるに至った経緯をアマンダは説明した。

「なんと……それで和也殿が横断幕を作っているのか」

経緯というほどでもなかった。グラモの借金話を聞いた和也が、なぜか「グラモの借金は俺が払うので許してください」という横断幕を作りだしたらしいのだ。

それに加えて、借金を返済するために、コイカの糸で作った服、オリハルコンで作ったアクセサリー、ミスリル等が大量に用意されたということを、アマンダは付け加えた。

「ちなみに横断幕もコイカの糸で作られているわ」

「今、運びだしてるやつか。十人がかりで運んでるようだが、どうすんだよ、あれ？」

「私に聞かないでよ。マリエール様が気絶する程度で済めばいいけどね」

マウントが運ばれていく横断幕を見ながら呆然と呟くと、アマンダは考えることを放棄したように抑揚のない口調で答えた。

そこへ和也が声をかけてくる。

「あれ？　マウントさんじゃん！　もう大丈夫なの？　聞いてよー。グラモがさー借金をしてるっていうんだけど、俺のもとに来たからなんだよ。だったら俺が助けてあげるしかないよね！　マリエールさんは俺の作ったアクセサリーやコイカの糸が気に入ったみたいだから、いっぱい作って少しでも借金を減らそうっていう作戦なんだよ。いい考えだと思わない？」

和也を支持するようにスラちゃん1号が「本当に和也様はお優しいですね。私達も全力で応援します。他には魔物の肉も一緒に渡してはどうでしょうか？　倉庫に在庫がたくさんありますよ」と触手を動かして伝えてくる。

「それだ！　それもいっぱい渡そう。これでちょっとでもグラモが楽になったらいいよね。じゃあ肉の在庫を確認してくる！　マウントさんとアマンダさんも、後でグラモについて相談に乗ってよ」

和也はテンション高くそう叫ぶと、スラちゃん1号と一緒に肉が保管されている倉庫に走っていった。

取り残された二人は、和也達の背を見ながら呆然としていた。

「おい、どうすんだよ。伝説の肉まで渡されたら魔王様はどうなるんだ？」

「知らないわよ。貴方なら止められたの？　あの嬉々とした顔で肉を運ぼうとしている和也様を」

「いや、無理だな。マリエール様とフェイに色々と頑張ってもらおうか」

「そうね……」

二人は和也の後を追うことにし、地下倉庫にやって来た。しかし、暴走している和也を止める術はもちろん持たずに、眺めることしかできなかった。

作業に夢中になっている和也のもとにトーリが飛んでくる。そのまま和也の肩に止まると、トーリは和也に囁くように鳴いた。

「くるる」

「あっ。トーリもお手伝いに来てくれたの？　偉いねー。マリエールさんへの借金返済の物を選ぶから一緒に選んでくれると助かるなー」

「るるる」

トーリは飛び立って肉の場所に降り立つと、肉をつつき始めた。

「なるほど。こっちのお肉も一緒に渡した方がいいんだね！　さすがはトーリ！　マリエールさんの好みを熟知しているね」

「るる」

「いやいや。トーリがそんなことをわかってるわけないだろう。和也殿は何を言って――な、なんだよ。やめろ！　つつくな！　おいアマンダ助けてくれ」

マウントの言葉が心外だったのか、トーリがマウントに向かってくちばし攻撃を始める。

トーリはマウントの監視役でもあるので、彼が安易に反撃できるわけもない。

　助けを求められたアマンダの視線は、次々と運びだされる肉に釘付けで、いったいどれだけの価値があるのかを推し量っていた。

　和也とスラちゃん1号は、楽しそうに冷凍された肉を運びだしていく。ちなみにその肉は氷属性のちびスラちゃんとセットになっており、ちびスラちゃんによって荷馬車が冷凍車になり、長時間であっても問題なく運べるのだ。

　やっとのことでトーリの攻撃から逃れたマウントが、和也達に質問する。

「あの和也殿……ちびスラちゃんごと運んだら地下倉庫の管理はどうするので？　このままだと地下倉庫にある肉が腐ってしまいますよ？」

　スラちゃん1号が触手の動きで答える。

「氷属性を持っているちびスラちゃんは、あの子以外にも数匹いますので問題ありません。そろそろ分裂して増やそうと思っていたので、ちょうど良かったのです」

　そう伝えながら、スラちゃん1号は別の触手で持っている燻製肉を馬車に積み込んでいた。アマンダがため息をついて言う。

「……もう諦めましょう」

「だな。和也殿、俺も手伝いますよ。こうなったら徹底的に載せてしまいましょうぜ！」

「だよね！　それくらいはした方がいいよね。グラモのためだからね」

マウントとアマンダが諦めて手伝いを申し出てくれたことに、和也は嬉しそうに頷いた。

5．魔王城での一コマ

一方その頃、魔王城での謁見を前に、騒ぎの渦中の人物であるグラモが何者かに絡まれていた。

「グラモ殿。少しは借金返済はできているのですかな？　一族すべてで逃げだすとは我が一族にはできませんなー。お陰で我ら一族が諜報部隊に任命されました。ようやくマリエール様から正しく評価されたので、そこは感謝しておりますよ」

「……どなたでしたかな？」

グラモに親しげな雰囲気を装って近づいてきたのはコウモリ一族の長、トッパである。

あたかも初めて会ったかのように首を傾げるグラモに、トッパは青筋を立てながらもなんとか笑顔を作った。

「はっはっは。面白い冗談だな。お前が無の森の盟主とやらのもとに逃げ込んだから、俺達が後釜になったんだよ。今まで俺達に任されていたのは空の偵察だけだったが、今やすべてを任されている。やっと俺達の一族を評価してもらえたんだ。地面しか掘れないお前達とは出来が違うんだよ」

「……こんなレベルが低い長がいる一族が隠密部隊を率いられるのか？　それともマリエール様は何か考えが？」

「おい、何を小声で言っている？」

「いえ、別に何も。それはおめでとうございます」

グラモとトッパのやりとりを、謁見の間に集った魔族達が眺め、こそこそと話し合っている。

「暇な諜報部達は楽でいいな」

「そうですな。四天王のマウント殿も無の森に逃げたという噂もあるしな」

「魔王様は何を考えているのだ？　無の森の盟主など搾取して使い捨てにすればいいのだ」

「いや、生かさず殺さずでいいでしょう。あの場所で採れる資源は有用ですからな」

しばらくして、魔王マリエールと四天王筆頭であるフェイが入ってくる。マリエールは一同を鋭く見渡すと、ゆっくりと口を開いた。

「集まってくれた諸君。なぜ諸君が、この場に呼ばれたかわかっているか？」

代表して、その場にいた中でも最も高位な魔族が返答する。

「いえ、私程度ではマリエール様が何をお考えかなど思い至りません。領地経営で忙しい中、我々が呼ばれた理由を教えてほしいものですな」

「いや、なに、貴君らが無の森の盟主殿に危害を加えると聞いたのでな。釘を刺しておこうかと思ったのだよ。我の『無の森の盟主への干渉を禁じる』との命令を無視するとは、魔王も軽く見られたものだ」

「……ぐぅ。マ、マリエール様。そ、そのようなことは――」

「ほう。まだ言うか？」

突如として謁見の間に殺気が充満し、返答していた魔族は腰が抜けたようにへたり込んだ。

マリエールがつまらなそうに周囲を見回すと、マリエールの隣にいたフェイも同じように冷徹な眼差しを向ける。

マリエールが再度口を開く。

「何か勘違いをしているようだな。今までお前達を好きにさせていたのは害がなかったから。ただ、それだけなのだよ。いつでも潰せる。代わりなんてどこにでもいる」

続いてフェイが言う。

「安心しなさい。代わるのは貴方達だけよ。良かったわね。血は絶えないですよ。そして今日、貴方達を呼んだのは、先ほど魔王様からあったように無の森の盟主である和也殿へ干渉をしようとしたから。さすがにこれは我慢できないわ。それにしてもトッパ」

唐突に、トッパに矛先が向けられる。

「は、は……」

マリエールの殺気で呼吸もままならず、トッパは苦しそうに返事をする。

「しっかりなさい。グラモの後任として諜報部隊となったのでしょうが。この程度の小物の蠢動に気づかないようでは、魔王様への忠誠を証明できませんよ。諜報能力を磨きなさい。グラモからはすでに報告を受けていたというのに」

「も、申し訳ありません」

「ふう。まあいいわ。とりあえずは、そこに転がっている者達を牢へ連れていきなさい。そして沙汰があるまで監視を続けるように」

「は！　お前達、連行するぞ！」

フェイの言葉に、トッパが慌てた様子で部下を呼び、倒れている魔族を拘束して連行していく。最後の一人が連れていかれると、静寂が謁見の間を包んだ。

マリエールとフェイは軽くため息をついた。それからマリエールは、先ほどまでの威厳ある雰囲気を解いて言う。

「ふう。それにしても小物がこれほど多いとはね。まだ行動を移す前だったからマシなのかな？」

「そうですね。今回はグラモのお陰で不穏分子がわかりましたが……急な任命で慣れていないから仕方ないとはいえ、トッパはまだまだですね。まずは、あの捻くれた性格から直さないと。しばらく質の低下は量で補いましょう。グラモが推薦する種族はありますか？」

フェイから急に話を振られたグラモが答える。

「そうですな。私が推薦するなら小鼠族か小栗鼠族ですね。身体の小ささを活かしての活動が可能です。また、種族として臆病なのも隠密部隊としてはいいと考えます」

「そうね。確かにあの子達ならいいかもね。可愛いし」

「マリエール？」

マリエールが嬉しそうに言うと、フェイがジト目を向けた。マリエールは慌てたように表情を繕って威厳のある声で命令を出す。

「じょ、冗談よ。ただ、面談は必要だと思うから明日にでも連れてきて」

そんな二人のやりとりを微笑ましそうに眺めていたグラモだったが、和也達の活動を報告するために胸元から書状を取りだしてマリエールに手渡す。

「こちらが無の森での活動報告書となっております。和也様から許可をもらって作成しておりますのでご安心ください」

「それは助かるわ。相変わらず和也殿は非常識なことをしているのでしょう？」

マリエールに苦笑を返しながら、グラモは説明を始める。

人口が増え、拠点の数も増え、街道整備が順調に行われていることを伝えた。また、鉱石をはじめとする資源、農作物も増産傾向であるとも報告する。

「以前に魔王様に献上されたコイカの糸ならば、今なら一週間ほどで作れます。それと、同じく献上されたアクセサリーに使われたミスリルやオリハルコンも、大量ではありませんが、日々採掘されております。またそれらは和也様のおもちゃとなっており……」

フェイが呆然とした口調で呟く。

「ミスリルやオリハルコンがおもちゃ……」

「ねえ、ひょっとして、国の価値で勝負したら瞬殺されるんじゃないの？　どう思うフェイ？」

マリエールが問いかけると、フェイはぎこちない動きで首を回して答えた。

「瞬殺でしょうね。前のお土産だけでも国家予算レベルよ。和也殿から私に渡された提灯も国宝級だし、そんな物がポンポンと作れる組織と勝負なんてしたくないわ。仮に武力で蹂躙しようとしても、エンシェントスライムが八体もいるのよ？　勝てるわけないじゃない」

「だよね。昔の魔王が討伐された際に、勇者に付き添っていたエンシェントスライムは一体だけだと記録に残っているもの。それに、エンシェントスライムの分体も数え切れないほどいるのでしょ？」

マリエールとフェイから視線を向けられたグラモは困った顔で頷いて答える。

「そうですね。ちびスラちゃんの数は私どもでも把握できませんでした。ちびスラちゃんの数は次々と増えており、そのうちにどなたかの配下となるのでは？　と言われております」

「え？」

「エンシェントスライムの分体をあげてるの？」

グラモの言葉に呆気に取られる二人。

エンシェントスライムの分体は、本体ほどの力はないとしても各属性を極めていると伝えられている。また、強力な魔法も使えるため、エンシェントスライムと同じく厄介な魔物であると考えられていた。

和也の拠点でいったい何が起きているのか考えてもわからず、二人はパニックになってしまうのだった。

その数日後。

「ん？　和也殿から荷物が届いた？　嫌な予感しかしないが――あれ？　フェイは？」

報告を受けたマリエールが首を傾げながら横を見る。普段、常に隣にいる四天王筆頭のフェイの姿がなかった。

報告に来た者にマリエールが問いかけると、ありえない回答が来た。

「先ほど『お腹が痛いからお家に帰る。探さないでください』と言われ……」

「え？　逃げたの!?」

一瞬呆然とするマリエール。報告者が、和也からの荷物をどうすれば良いのか質問してきたので、マリエールは慌てて答える。

「そうね、謁見の間に運ぶように。私はフェイを呼びに行くわ」

マリエールは、フェイの執務室へ向かった。

部屋の中で、何やらバタバタとしている音がする。

荷作りでもしているかのような音だが、マリエールがノックをすると同時に止んだ。わかりきっているが、フェイは居留守をしているらしい。

マリエールはノック音を次第に強めて声を上げる。

「いるのはわかっているのよ、早く出てきなさい！……そう、出てこないつもりね。いいわ。『我、灰燼と帰すこともいとわず、すべての者に等しく滅びを与える業火をこの身に宿し、目の前の敵を討たん』」

扉に手を当てて詠唱を始めるマリエール。すると扉の向こうでフェイが声を上げる。

「ちょっ！　それって極魔法じゃない。シャレにならない！　『我が身を守るのは我が身のみ。そのために魔力は障壁となって顕現する』」

直後、極炎と障壁がぶつかり合い、魔王城を揺るがした。

6. 新しい登場人物がやって来た

「それで、申し開きをしたいと？」

「え、ええ。ちょっと反省はしていますので許してほしいかなー……なんてね」

「我も反省しておるぞ。扉を開けるのに極魔法は使ってはならんと学んだ。だから、我の反省に鑑みて、この後を考慮するべきだと……」

大広間から謁見の間に続く廊下で、直立不動状態の四天王筆頭フェイと魔王マリエール。

申し訳なさそうに立つ二人の前には、整った顔立ちの男装の女性が立っており、手には鞭が握られていた。

その女性は自らの手のひらに鞭を何度も当てると、大きな声で二人を叱責する。

「魔王様はいつまで子供のような行動を取るのです？　それとフェイ、私が貴女に四天王筆頭の座を譲った理由を理解していないのですか？」

「いえ、その。話を聞いて……いえ、申し訳ありません」

「フェイを責めないでくれ。我が怒りに任せて行動し――」

「当然です。魔王様は反省してください。明日までに反省文を十枚提出するように」

「じゅ、十枚！　ちょっと待って！　そんな長い文章を書いたことが……いえ、なんでもないです。明日には持っていきます」

男装の女性に責め立てられ、敬語でコクコクと頷いているマリエールと、涙目になっているフェイ。

その様子を、魔王城の関係者が遠巻きに眺めていた。若い魔族が隣にいる先輩魔族に小声で問いかける。

「先輩。あの女性はどなたですか？」

「知らないのか？　あの御方は四天王筆頭であるフェイ様の母君であり、先代の火の四天王でもあるヒーノ様だぞ」

「え！　あ、あのヒーノ様ですか！　ですが、今は竜族との戦いで最前線に向かわれていると……」

魔族達の声を耳にし、ヒーノが視線を向ける。

視線に宿る炎の魔力の余波を受け、話していた魔族達だけでなく、近くにいた者も硬直して動けなくなった。

「何をこそこそと話をしているのです。この場にいる者は後で訓練をしますので集まるように。全員の顔は覚えましたからね」

「「「はっ！」」」

青い顔で敬礼した魔族達を見て、ヒーノが頷く。

フェイが話を逸らそうと、勢いよく質問する。

「そうよ、お母様！　竜族との戦いはどうなっているのです？　最前線は激戦になっているからと、四天王筆頭の座を私に譲ってまで赴かれたではないですか」

ヒーノは手に持っていた鞭を、ビシッとフェイの喉元に突きつける。先ほど炎の魔力が宿っていた目は、今は嘘のように冷たい目になっていた。

その姿勢のまま、ヒーノは厳しく詰問する。

「四天王筆頭であるフェイ様。今、お母様と仰いましたか？」

「い、いえ。そんなことは言ってないわ。征竜大将軍ヒーノ。それで、今回の帰還は何があったのです？」

急に態度を改めたフェイにヒーノはため息をつくと、全身に宿していた魔力を収めて告げる。

「それについては後回しにしましょうか。そのことよりも、まずは貴女達の話を聞きましょう。まあまさか、緊急事態で魔王城に戻ってきた途端に、極魔法が炸裂するとは思わなかったから……魔王様と四天王筆頭を叱りつけましたけど。ともかく、そうならざるをえない何かがあったのでしょうね？」

そこへマリエールが割って入る。

「そうだ！　今は貴君の知恵が必要なのだ！　早く謁見の間で話をしよう！　我を助けてくれ」

「そうですね。貴女の報告も聞きたいですが、まずはこちらの混乱状況を聞いてくれますか？」

マリエールとフェイのすがるような言葉に、ヒーノは大きく頷き、手に持っていた鞭を再度叩いて笑みを浮かべた。

「では、魔王様達の話を聞きましょうか。ですが、反省文は明日中に出しなさい。これは魔王様と四天王の教育係であるヒーノとしての言葉です。フェイも十枚提出するのですよ」

「「……はい」」

しれっと反省文の話を有耶無耶にしようとした二人だったが、ガッカリと項垂れながら謁見の間に向かった。

征竜大将軍ヒーノ。

先代の魔王から仕えており、魔王マリエールやフェイ、マウント、その他の四天王達の教育係でもある。そして何よりフェイの母親であり、現在は竜族に対して行われている討伐軍の総司令官に着任していた。

謁見の間に入るやいなやマリエールが尋ねる。

「それで、急に魔王城に戻ってくるような緊急事態が発生したのか？」

「そうですね。前回の報告では『竜族の橋頭堡としていた砦が陥落するのも時間の問題である』とありましたよね？」

魔王マリエールと四天王筆頭フェイが首を傾げている。

ヒーノ率いる軍勢の士気は高く、安心して任せていた。こうして戻ってきたことが、二人には不可解だった。

ヒーノが眉根を寄せながら報告する。

「ええ、確かに途中までは順調でした。しかし、ゴーレムを前面に出した波状攻撃を行い、最終突撃を命じようとした瞬間、謎の違和感に包まれました。身体中から力が抜け始めたのです。最初は私だけの身に起きた、ただの体調不良のようなものかと思いましたが、周囲からも戸惑った声が上がり、全軍で同じ現象が発生していることを確認しました。このままでは、軍に甚大な影響が出ると考え――」

「……撤退した、のですか。確かに、そのまま戦況が引っくり返るよりはいい判断ですが……」

フェイがそう言うと、マリエールが口にする。

「そういえば、確かに我も最近は全力が出せない感覚があるな」

この時、彼女達は気づいていなかったが、実はこれには和也が関係していた。

マリエールが贈った服従のガントレットを、和也がボクシングの真似事をして壊してしまった影響により、魔族全体の能力が落ちたのだ。

「しばらくは全軍に、体調管理をしっかりとするように伝えておきます」

ヒーノが報告した問題はなかなか重大なのだが、今はそれどころではない事情があるということもあって、ひとまず簡単な対処がされるのだった。

謁見の間には、マリエール、フェイ、ヒーノだけしかない。自然と肩の力の抜けた雰囲気になり、ヒーノは母親のような感じで確認してくる。

「それでフェイ。混乱状態というのは何なのです？　もっとしっかりと魔王様を支えなさい。これはお前の母としての言葉です」

「実は、お母様に助けてもらいたいことがあるの」

フェイは心底困っている顔で、和也からのお土産攻勢の話をする。続いて、マリエールも補足するように伝える。

「本人に悪気がないから困っているのよ。お土産の代わりに、グラモやマウントを派遣しているけど、その返礼と言わんばかりのお土産がさらにやって来る。これの繰り返しなの」

「豪気な方ですね、それほどのプレゼントができるとは。国家予算レベルのお土産への返礼ですか。魔王様を嫁に出しても足りなさそうですね」

一通り話を聞いたヒーノは感心したように何度も頷いていた。その後、和也が贈ってきたプレゼントを見てもらうということになった。

「これがそうよ」

マリエールに案内された宝物の保管庫で、ヒーノは一振りで国が滅ぶと言われている刀などと同じように並べられている和也のお土産を眺めていた。

そして、無造作な感じで詰め込まれたオリハルコンを手に取ってため息をつく。

「神代の鉱石を放置するなんて……もっと他に使いようはあるのでは？」

「こんな物を何に使うのよ？　オリハルコンの原石なんて争いの種にしかならないわ。それと、和也殿から頂いているのはこれだけではないの。コイカの糸ももらっていて、歴代魔王の悲願だった魔王の礼服はすでに修繕済みよ。あと、修復で使ったコイカの糸が大量に余っていて、残りは隣のチェストに収納しているわ」

マリエールの言葉に、ヒーノは目を見開く。

「魔王の礼服を修繕⁉　あと数百年はかかると言われていたのに？　コイカの糸が余る？」

「そう。余ったから大事に保管しているけど、和也殿が治める無の森ではコイカの糸が大量生産されているし、住民達の遊び道具として使われているわ」

「は？」

唖然とするヒーノを見て、マリエールは嬉しそうに話を続ける。

「後はミスリル鉱石の大きさも見たでしょ？　あれで国家予算の数か月分はあると試算が出てる。あんなのをポンポンとプレゼントされたうえに、コイカの糸やオリハルコンまで渡されている。さらには、伝説級の魔物肉を燻製にして渡されているのよ。だから、ヒーノに助けてほしいのよ」

ヒーノは一瞬パニックになったものの、いったん呼吸を整えると、年長者らしく落ち着いた口調で告げる。

「ま、まあ、これくらいの量なら国家予算レベルですし、数年かけて人材や知識を渡しておけば釣り合いは取れると思いますよ。すでに土の四天王であるマウントを派遣し、砦まで作ってあげたのでしょう？　彼を派遣するだけでも十分な返礼ですよ」

「そ、そうよね！　大丈夫よね！」

マリエールはヒーノからお墨付きをもらったことにホッとし、魔王の威厳も忘れて喜んだ。

「そうですね。それほど気にしなくてもいいかと――」

マリエールとヒーノが魔王の保管庫から出て、和也に対する今後の話を始めようとすると、二人のもとを離れていたフェイが泣きそうな表情でやって来た。

「魔王様！　和也殿から新たな荷物が――」

「却下！　忘れてたのにー。無理して無視していたのにー。あーあー！　聞きたーくなーい」

今にも泣きそうなフェイに、耳を塞いで叫ぶマリエール。

ヒーノは強い口調で叱責する。

「何事です？　四天王筆頭である貴女が泣きそうな顔をするとは！　常に冷静に行動するようにといつも言っているでしょう。それと魔王様も！　魔王様のする行動ではありませんよ。子供ですか！」

フェイはヒーノを見て何か思いつくと、急に真顔になって命じるように言う。

「魔王様。和也殿から手紙と荷物が届いておりますので、早急に謁見の間へ来てください。それと、征竜大将軍ヒーノも一緒に来るように。これは四天王筆頭からの命令です」

その後、再び謁見の間に戻った三人は、和也から新たに届いたという荷物と対面していた。マリエールが言う。

「もう覚悟を決めたわよ」

「私は中身を確認しておりますので、マリエール様がご確認ください。早く見てよ。笑いしか出てこないから」

フェイはそう言い、二人を大きな荷物と小さな荷物の前に連れていった。マリエールが目で恐怖を訴えると、フェイは乾いた笑いを浮かべて言う。

「大きい荷物から見ることをお勧めするわ」

「何でよ？　まあいいわ、とりあえず大きい荷物から見ればいいのね」

マリエールが大きな箱の蓋を開けると、中には巨大な巻物が入っていた。

「え？　巻物？　和也殿からの手紙なのか？　ヒーノ。反対側を持ってくれ」

「御意」

巻物の端を握ったヒーノの動きが止まる。上質な最高級の布よりも滑らかな手触りと艶やかさ。彼女が少し前に、魔王の宝物庫で触った生地と似ていた。

「え？　コイカの糸で編まれた布？」

「じゃあ、内容を確認するぞ。しっかりと持っておいてくれ！」

勢いよく広げた巻物には、デカデカと「グラモの借金は俺が払うので許してください」と書かれていた。

「は？」

巻物を広げた姿勢のまま、マリエールが固まる。

その文字はこの世界の共通語で書かれているので、もちろんマリエールもヒーノも読めるのだが、その内容はまったく理解できなかった。

ヒーノが眉間にしわを寄せながら尋ねる。

「この『グラモの借金は俺が払うので許してください』とは？」

「グラモの借金を和也殿が払ってくれるのだろう」

「それは魔王様に聞かなくてもわかります。なぜ、このような巨大な巻物を？　それもコイカの糸で作った布ですよね？　それをこんな物のために……」

ヒーノは、マリエールから説明されたものの、なぜ和也がこんなことをしたのか、まったく意味がわからないのだった。

7．世の中には理解できないことがある

「え？　この巻物にはこれだけしか書いてない？　本文は？　署名は？」

ヒーノが横断幕の裏表、縫い目まで確認するが、デカデカと書いてある文字以外は何も書かれていなかった。

「あぶり出し？　いや、コイカの糸をあぶるなんてできない。水に浸す――同じことね。本当にこれだけしか書かれていないのか」

フェイが用意した椅子に、崩れ落ちるように座ったヒーノ。横断幕が地面に付かないように丁寧に収納したのはさすがであったが、その目はすでに疲れきっていた。

マリエールは変なテンションでヒーノに告げる。

「ヒーノ。まだまだ荷物はあるぞ。次はこれだ！　オリハルコンの詰め合わせのようだな」

「なんです⁉　このお菓子の詰め合わせみたいなのは！」

箱を手渡されたヒーノは中身を見て天を仰ぐ。

そこには、箱詰めクッキーのようにオリハルコンが所狭しと詰められていた。入ってい

たのは、魔王の保管庫で見たビー玉サイズ以上のオリハルコンが三十個ほどである。

「何に使います？　大量にありすぎても使い道がないですね？」

「それをヒーノに聞きたいのよ！　でも、これだけあれば少しくらいは使ってもいいよね？　壊れかけているアーティファクトを修復でもしてみる？　ちなみに、このオリハルコンをお金にしたらどのくらいだと思う？」

「これに価値を付けろと？　さっきのビー玉サイズで1000万マリだとすると、一つ3000万マリですかね？」

先ほどのヒーノの勢いは完全になくなっており、和也の精神攻撃を受けた仲間が増えたとマリエールが嬉しそうにしていた。

そんなことをしている状況ではないはずなのだが、自分だけ苦労するのは嫌だとの思いがあるのか、マリエールは揉み手をしながら何度も頷く。

「なるほど。3000万マリね。参考にさせてもらうわ。コイカの糸の巻物はどれくらいの価値があると思う？」

「文字が書かれているのを価値があると判断するかしないかで、値段が変わりますね。何も書かれていないなら、5000万マリ……いや、値付けは無理ですね。5000万マリからオークション開始ですね。でも、売る気はないんですよね？」

「当然よ。和也殿に返礼する際の参考にするために聞いているのよ。ヒーノの値付けは私と同じ感覚かな。あれ？　このオリハルコンが入っている箱は二重になってるの？　その下には何が？　なんでフェイはニヤニヤしてるのよ！」

「それは私が内容を知っているからですよ。ふっふっふ。実に和也殿らしいですよね」

フェイの言葉にマリエールは嫌な予感を覚えながら、二段目の中身を確認して――確認したことを後悔（こうかい）した。

そこには、宝石がふんだんにちりばめられたネックレスが鎮座（ちんざ）していた。

「は？　何これ？　鑑定（かんてい）したくないんだけど……やっぱり魔力を帯（お）びた宝石か。というか、最上級品質じゃない！」

マリエールの言葉を聞き、何かを察知したヒーノが言う。

「マリエール様。そろそろ前線の動きが気になりますので、これで失礼を――」

「逃がさないわよ、お母様！　一緒に確認していきましょう」

すかさずフェイがヒーノを羽交（はが）い締（じ）めにして拘束し、さらに責め立てるように告げる。

「もう、諦めて最後まで一緒に見ましょう」

「だって！　このネックレスにはどれだけ魔力を帯びた宝石が使われているのよ？　そもそもネックレスのチェーンは全部オリハルコンでできてるじゃない！　さっきの箱詰めはなんだったのよ！　第一、オリハルコンはチェーンみたいな加工はできないの。そう習ったのよ！　それに、チェーンに継（つ）ぎ目がない！　……どうやったらこんなことができるのよ。これは国宝なんて生易しい物じゃない。至宝といっても過言ではない——」

　もはやヒーノは壊れたようになっていた。ブツブツと呟き続けるヒーノを不憫に思いながら、マリエールが言う。

「そのくらいにしておこう。他の物がもっとすごかったら、この先どうなるかわからないぞ」

　ぎこちなくネックレスから視線を外したヒーノは、虚ろな目をしながら頷いた。続けてマリエールは、小さな箱に手を伸ばして尋ねる。

「フェイ、こっちの箱は中身を確認したの？」

「まだですよ。大きな箱にはネックレスが入っていたから、小さな箱にはそれより劣る物。例えば、伝説級の魔物の燻製肉が入っているくらいでしょうかね」

　伝説級の魔物の燻製肉でも十分すごいのだが、フェイも完全に感覚が狂い始めていた。

　少し思案顔になったヒーノは一歩下がると、不思議そうな顔をしている娘に向かって話しかける。

「フェイ。小さな箱を開けなさい……私は大きい箱よりも嫌な予感がします」

「え？　う、嘘でしょ？　嘘と言ってよ！」

　それは歴戦の戦士、ヒーノの直感だった。しかし心の底から嫌な予感がしたフェイは二歩下がると、主君マリエールに視線を向けた。

フェイに押しつけられる前に、マリエールは声を上げる。

「やだからね！　ヒーノが後ずさってるのを見たからね！　フェイが開けなさいよ！　多数決よ！」

「汚い！　ズルい！」

フェイは抗議の声を上げたが、二人から早く開けなさいよと言われ、泣きそうな顔になる。しかし拒否することもできず、結局は多数決に従うことになった。

フェイは目をつぶって、思いっきり蓋を開けた。

マリエールやヒーノも目を閉じていたが、開けた当のフェイもずっと目を閉じていた。しばらくそうしていたものの、それでは埒が明かないので、それぞれ覚悟を決めて目を開く。

そこには、パッキングされた冷凍肉、燻製肉、それにドライフルーツなどが入っていた。

「……よかった」

「そうね。普通に伝説級の燻製肉が入っているだけだものね」

「普通に伝説級……その表現がおかしいと思わなくなった私も、無の森の盟主に毒されてきたってことですね」

心底安堵しているフェイ。安心してため息をつきながら鑑定結果を伝えるマリエール。そして「伝説級」に慣れっこになっているヒーノ。

三者三様の表情を浮かべながらも、箱の中身が想定内だったことに、三人は安堵していた。ふと、マリエールがあることに気づく。

「小さな箱と言ってたけど、結構大きいよね？」

「そうですね……隣にある大きい箱と比較して小さいと表現してるだけですからね」

マリエールとフェイがちょっとした違和感を覚えつつも、燻製肉やドライフルーツを取りだしている中、ヒーノは箱をじっくりと観察しだした。

「それにしても、これほど腐りやすい物を運べるとはすごいですね。無の森からここまでは一週間はかかるというのに。中はどうなっているので――」

箱の中から冷気が溢れてくることに疑問を持ったヒーノがそこで言葉を切り、突然、大きな声を上げる。

「離れてください！　箱の底に、強力な魔物がいます！」

ヒーノは、今まで対峙した魔物の中でも最上級レベルだと感じ、箱から距離を取る。そして不思議そうな顔をするマリエールとフェイを横目に、ヒーノは戦闘態勢に入った。

「『我は守り護る。この者達に鉄壁なる障壁を張る』『この場にある存在を拒絶する。そして檻に閉じ込める。そして拘束し逃げ惑うことを許さず』『時は満ち、溢れるばかりの力を一つにまとめる。何者も貫き通す槍とならん』。そこの魔物！　もう拘束したので逃げられません。大人しくしておきなさい」

「お母様！　突然何を？　その技は多重詠唱じゃないですか！　ここにそれほどの魔物が⁉」

ヒーノは鉄壁の防御壁をマリエールとフェイに展開し、箱の底にいた魔物を結界で拘束した。そして手には何物でも貫くと言われる暗黒の槍を構えている。先代魔王と互角に戦ったというヒーノの最終必殺技である。

ヒーノがマリエールに声をかける。

「マリエール様も攻撃魔法を展開して！　え、結界が……」

先代の魔王ですら抑え込めたという結界に、ひび割れが走り始める。そしてあっという間に崩壊すると、中からちびスラちゃんが現れた。

プルプルと震えるちびスラちゃんを呆然として眺めるマリエールとフェイ。ヒーノは暗黒の槍を構えつつ、この箱を持ってきたマウントの配下達に尋ねた。

「ハイクラススライム⁉　なぜここに？　貴方達は気づかなかったのですか！」

彼女達の背後で、申し訳なさそうにしていた配下達が説明を始める。

「和也様が『傷んだらダメだから、ちびスラちゃんに頑張ってもらおう』と箱の底に詰められました。申し訳ありません。最近、ちびスラちゃん達とは当たり前に付き合いがあるので、彼らがハイクラススライムだということを完全に忘れておりました」

「「「忘れてたですって⁉」」」

彼らは頭を掻いて軽い感じで謝罪したが、三人は絶句していた。ハイクラススライムは危険な魔物であり、忘れていい存在ではないのだ。

ヒーノが恐る恐る問いかける。

「え？　ちびスラちゃん？　そ、そのちびスラちゃんはどれだけいるのですか？　当たり前の付き合いがあるなら、かなりの数だと思いますが……」

「そうですね。和也様がおられる拠点には三百匹はいるかと」

その答えに三人が絶句している様子に気づくことなく、配下は説明を続ける。

ちびスラちゃん達は用途ごとに存在していること。特に数が多いのは、氷属性と光属性を持っているちびスラちゃんであり、それらは冷蔵庫や冷風機として使われたり、電灯として溶解液を提供したりしていることなどを詳細に伝えた。

「他にも火の番をしている子や、水を出す子もいますね。本当にいい子達なんですよ。気さくですしね。なあ、冷ちゃん。え？　『今は冷ちゃんでいいけど、この役目が終わったら単なるちびスラちゃんだよ！』だって？　ははは、本当に仕事熱心だね」

配下がちびスラちゃんこと冷ちゃんと楽しそうに話していると、ヒーノが思わず声を上げる。

「ま、待ちなさい！　貴方はハイクラススライ――ちびスラちゃんと言葉が交わせるのですか？」

ポカンとした表情を浮かべる配下。

「え、当然ですよ？　むしろヒーノ様はできないのですか？　マリエール様やフェイ様ならできますよね？」

「『いやいや！　何を言っているんだお前は！』」

高音域の大声で、マリエールとフェイはツッコミを入れた。

歴代最高と名高い魔王と四天王筆頭から怒鳴られ、配下は身体をビクリと震わせる。そして周りにいる仲間達を振り返った。

「なあ、俺達おかしいのか？」

「いや、俺もちびスラちゃんの言葉はわかるぞ？」

「俺も」

「ちょっと待てよ。そういえば最初は、ちびスラちゃんだけでなくスラちゃん1号さんの言葉もわからなかったよな」

「確かに！　途中からわかるようになった！　あまりにもそれが普通だから忘れてたよ」

和也のプレゼントを運んできた一同は、お互いに顔を見合わせながら話し込んでいた。

そんな様子を呆気に取られたまま見ているヒーノに、ちびスラちゃんが近づいていく。そして「初めまして！　和也様のもとで冷凍庫担当している冷ちゃんです！　普段はちびスラちゃんとして活動しています。冷ちゃんでも、ちびスラちゃんでも好きな方で呼んでください！」との感じで触手を上げて挨拶してきた。

「あ、冷ちゃんが初めましてと挨拶しています」

「そ、そうですか。初めまして冷ちゃんさん。私は征竜大将軍の役目を魔王様より与えられているヒーノと申します」

ヒーノの挨拶に冷ちゃんは「よろしくお願いします！　和也様から『頑張って冷やしてね！』と言われてますが、届けた燻製肉やドライフルーツとか冷凍肉は大丈夫でしたか？傷んでませんか？」と飛び跳ねる。

ヒーノは、何やら可愛い感じでピョンピョンと跳びながら触手を動かしている冷ちゃんに困惑しつつ、マウントの配下達に視線を向けた。

「ちびスラちゃんは、『届けた食品は大丈夫ですか？』と聞いてます」

「ああ。そうですね。早く冷凍庫に入れないと！　誰か！　箱に入っている食品を食料庫に！　特別な食料を保存する区画に入れなさい。そして厳重に警備するように」

ヒーノは配下の者にそう命ずると、冷ちゃんとマウントの配下達に向かって頭を下げた。

「冷ちゃんさんに感謝を。この後、歓迎会をしますのでしばらくお寛ぎください。貴方達もご苦労でした。別室に案内しますので待っていなさい。それと誰か！　すぐにグラモをここへ呼びなさい」

そしてヒーノは、未だ固まったままのマリエールとフェイの前に立つと、ため息をつきながら二人の肩を揺さぶった。

「マリエール様、フェイ様。いつまでも固まったままでは困ります」

二人は我に返り、言葉を発する。

「……だって！　ハイクラススライムが三百体もいるのよ！　マウントを派遣した意味ってないんじゃないの！」

「そうですよ、お母様！　和也殿のもとにはエンシェントスライムが八体もいて、ハイドッグやハイキャットもいるのよ。それに、フェンリルモドキまでいるわけですから、索敵も戦闘力も超一流国家でしょう！」

マリエールとフェイの言葉を聞きながら、これだけの品物を送ってくる和也なる人物について、ヒーノは考えていた。

グラモの借金返済のために、百倍近い金額の品を送る懐の広さ。他国の兵士達に心酔されるカリスマ性。そして、一騎当千ともいえるハイクラススライムを冷凍庫代わりに使えるほど、豊富な人材を持っている。

ヒーノは自分に言い聞かせるように告げる。

「これは竜族と争っている場合ではないですね。ひょっとして、竜族の撤退は無の森の異変に気づいて……ということなのか？」

「ヒーノ!?　竜族も撤退しているの？　そんな報告は聞いてないぞ！」

「言ってる場合ではなかったでしょう。和也殿の荷物で混乱状態だったでしょうが！」

ヒーノの呟きにマリエールが驚きで目を剥いて詰問してくる。「どうなっているのだ！」

と言いたげなマリエールの顔に、思わずイラっとしたヒーノは叫び返していた。

そこへ、ようやくグラモがやって来る。

「お呼びにより参上しました」

マリエール、フェイが嬉しそうに声を上げる。

「ええ、ものすごく！　ものすごく待っていましたよ」

「喜んでください。貴方のために和也殿が一肌脱いでくださいましたよ」

「主人が良い方で羨ましい限りです」

「ちょっ！　それって前の主人である私が悪い人ってこと⁉」

フェイの何気ない一言に、マリエールがツッコミを入れる。

いつもは威厳漂う三人なのだが、憔悴した顔になっていることを、グラモは不思議そうな顔で眺めた。

フェイが視線を移動させながら話し始める。

「先ほどマウントの部下がやって来ました」

フェイの視線の先にはマリエールの机があり、その上には丁寧に布に包まれている品物が数点と、大きな巻物のような物が置かれてあった。

グラモが驚きながら尋ねる。

「その包みはコイカの糸で編まれた物？　いくら魔王様の礼服を修繕し、和也殿の無の森から輸入できるとはいえ大事にした方がいいのでは？」

「だよねー。私もそう思っていたのだよ。だが、これを見ても同じことが言えるかい？」

疲れた表情でマリエールはそう言うと、フェイに巻物の端を持たせて勢いよく展開させた。そこには、デカデカと書かれた和也の字があった。

グラモの借金は俺が払うので許してください

「は？」

グラモは顎が外れんばかりに大口を開け、書かれている文字を凝視し続けるしかなかった。

8. グラモの驚愕は続くよ、どこまでも

目の前に掲げられた横断幕がコイカの糸で作られていると気づき、硬直していたグラモ

がやっとのことで動きだした。

「あ、あの。これはいったい？」

マリエールとフェイが持っている横断幕を眺めつつ、本人としては当然ながらの疑問を投げかけた。

だが、二人から返ってきたのは、威圧とも殺気とも怨嗟とも取れる、複雑な感情が入り混じった目だった。

マリエール、フェイ、ヒーノの三人がグラモを取り囲む。

「『これはいったい？』ですって？　私達の方が聞きたいわよ！　これはいったいどういうことなの？」

「国家予算レベルのプレゼントをもらった私達はどうすればいいと思いますか？　グラモの借金を返済するために用意されたプレゼントですって？　ねえ、どうすればいいと思います？　ねえ、コタエテヨグラモサン」

「このプレゼントを金額換算したら、グラモの借金の数十回分を完済できますよ。回収どころか過払いですよ！」

絶世の美女三人がグラモににじり寄っていく。

普通なら至福の状態のはずだが、グラモは人生の終焉しか感じなかった。思わず彼は目を閉じ、妻や息子のタルプに後を託すための遺書の文面を考え始める。

死を覚悟して安らかな表情を浮かべるグラモに、マリエールが告げる。

「まあ、グラモの様子を見る限り本人も知らなかったみたいだね。それで、どうしたらいいと思う？」

「……私ごときのために動いてくださった和也様への感謝の念は絶えることなく、子々孫々まで語り継ぐようにタルプにお伝えください。もう思い残すことはありません」

「ちょっ！　なんの話をしてるのよ⁉　お願いだから死なないでよね！」

フェイやヒーノもいつもの表情に戻ると、今後の対応について真剣に検討を始めた。フェイがヒーノに相談する。

「この金額を返すことはできない。なら、和也殿には『貴方の心意気、確かに受け取りました。グラモの借金は全額返済されました。むしろもらった金額が多いので、別の形で返させてください』と返事を出しましょう。どう思いますか？　お母——征竜大将軍のヒーノ」

「そんなところでしょう。後は返す形の内容を詰めていかないとだめですね。何か良い案はありませんか？　グラモなら和也殿と一緒にいることが多いから、困っていることを知っているでしょう？」

ヒーノはフェイの言葉に頷き賛同しながら、グラモに問いかける。

グラモはしばらく和也が欲しがっている物を考えていたが、何かを思い出したのか、大きく手を打って話しだした。

「そういえば和也様は日頃から『ヒモ生活は嫌だ！　俺も何かしたい！』と仰っていました」

グラモの言葉に、三人は沈黙する。

三人はそれぞれグラモの言葉をなんとか理解しようとしたができずに、頭を突き合わせて相談を始める。

「ねえ。どう思う？　もうヒモ生活でいいと思うのだが？」

「確かに。あれだけの人材と財力を持ってて、まだ何かを目指しているのかしら？」

「むしろ持ちすぎているからこそ、何かしたいのでは？」

「「なるほど！」」

グラモは話し合う三人を見ながら、美女が三人固まって話しているのは珍しいし華やかだなー、などと呑気なことを思っていたが、マリエールから急に声をかけられる。

「グラモ」

「はっ！」

「和也殿に、魔王城へ遊びに来てもらうのはどうだろうか？」

マリエールの提案を聞き、フェイが笑みを浮かべて言う。

「それは良いアイデアですよね。さすがは魔王様です！　私、四天王筆頭であるフェイも、和也殿を魔王城の色々な場所を案内すればいいと提案します。なんなら、領土をプレゼントしてもいいです！」

　続いて、ヒーノも賛同を示す。

「さすがは四天王筆頭であるフェイ様。無の森に近い領土を治めていた魔族が、都合の良いことに先日の断罪の件でいなくなりましたからね。素晴らしいアイデアです！　うんうん。実に良いアイデアですよね！　和也殿が魔王領から帰る頃にでも領土を渡せるようにしましょう！」

　その後、様々な意見を出し合うと、マリエールはグラモの方を見つつ、棒読みのように話しだした。

「エンシェントスライム――スラちゃん1号殿やちびスラちゃん達も、来られる限りは来てもらおうではないか。しかし、まずは受け入れ態勢を整える必要があるな。突然、現れたら驚く者もいるだろうし、また我らが竜族と争っているのを和也殿は嫌がるかもしれん」

「そうですね。それに竜族の動向も気になりますね。ですが、今の我らの諜報機関では竜族の動きがわからないんですよねー」

「そうだなー。どうしたものかなー。コウモリ一族の長トッパでは、この難局を乗り越えるための情報を集めることができないよなー。どうしたものかなー。誰か代わりに調査してくれる者はいないかなー」

マリエールと会話していたフェイも、あからさまな棒読みであった。どうやらその調査をグラモに押しつけようとしているらしい。

グラモはため息をつくと、軽く首を振りながら話しだす。

「かしこまりました。和也様にも関係ある事案です。喜んで協力いたします。ちなみに、借金がある時は私の身分は魔王様付きとなっておりましたが、今後はどうすれば？」

マリエールは一瞬考え込むと、ゆっくりと告げる。

「それについては本気で悩ましいところだな。グラモの一族が抜けたことで、魔王領の諜報能力が落ちている。君の借金は和也殿が完済して過払いが発生しているが、それは和也殿に返すとのことで納得してほしい。どちらにせよ、グラモは借金ゼロとなっただけだ。だから、改めてフリーランスとして、私と契約を結んでもらえないだろうか？」

マリエールからの提案に、グラモはちょっと考えたもののすぐに頷いた。それから彼は、別室に控えている部下を部屋に呼びたいと頼んだ。

「それは構わないけど、何か考えがあるの？」

「ええ。和也様の拠点は若い世代に任せて、我々だけフリーランスとして雇っていただこうかと思いまして」

フェイの質問にグラモは自らの構想を伝えた。ヒーノは驚きながら、グラモの考えを読み取って告げる。

「なるほど。現状、無の森は人族の領地に接している側はマウントが治めており、魔王領側は我らが押さえている。そして拠点自体はエンシェントスライム殿がいるから盤石。つまり、若い世代に安全な環境で経験を積ませたいと」

「そうですな。最初から過酷な環境もいいのでしょうが、若い者は無茶をしますからな。基礎能力を上げて、また和也様からグルーミングをされることで至福の喜びを覚えれば、無駄死にすることもないでしょう」

ヒーノの推測に大きく頷きつつ同意するグラモだったが、なぜかまだまだ和也について語りたそうにしていた。

フェイが軽い気持ちで、和也についてもっと聞きたいと言ってみたら――

「聞いちゃいますか！　それを聞いちゃいますか！　それは気になりますよね？　わかります。大丈夫です。わかりますよ。皆様が気になるのは仕方ないと思います。何せ和也様のグルーミングですからね！　これは気にならないと言ったら嘘です。貧弱な私の語彙力でどこまで語れるのか不安しかありません。ですが、いいでしょう！　語らせていただきます！」

「ちょ、ちょっとグラモ？　そこまでしなくても大丈夫よ？　少しだけでも問題な――」

突然ハイテンションで喋り始めたグラモをなんとか止めようとしたヒーノだったが、グラモの真剣な眼差しに気圧（けお）されてしまう。

「少しですと!? ヒーノ様は和也様のことをどれだけご存じですか？」

「い、いや。知らないけど——」

「だったら！ 私の話をしっかりと聞く必要があると思われませんか!? いいえ、しっかりと聞くべきです！ よろしいですか！ そもそも和也様と出会ったのは私が諜報活動をするために……」

歴戦の征竜大将軍であり、魔王マリエールと四天王筆頭フェイの教育係で、「鬼教師」と呼ばれていたヒーノであったが、グラモの視線を受けて思わず後ずさってしまう。

「な……なん……て……威圧（プレッシャー）なの」

「いやいや。威圧（プレッシャー）って。お母様のテンションもおかしくなってるわよ」

フェイが若干引きつつもツッコむ。マリエールはグラモのテンションについていけず、ただびっくりしていた。

「フェイ様。和也様にまつわる話を語っている私を止めるとはありえないですぞ」

「え？ 私が悪いの？」

そこへヒーノが便乗して、グラモの矛先（ほこさき）をフェイへ向かせる。

「その通りよ。でも、私はグラモの配下を呼びに行かないとダメだから……四天王筆頭のフェイ様は、征竜大将軍である私の代わりにグラモの話を聞いておいてください。じゃあね！」

グラモがフェイの方に向いた瞬間、ヒーノは軽やかに身を翻すと、マリエールの私室から優雅に出ていった。

思いっきり押しつけられたフェイはなんとかヒーノを止めようとしたが……目をギラつかせたグラモに捕まってしまう。

「……フェイ様。これから和也様の話を存分にさせていただきますのに、どちらへ行かれるので？　まずは入門編として『和也様との出会い』から始めましょう。こちらは軽い感じで二時間ほどで終わります」

グラモの言葉を聞いて、フェイは本気で焦った顔になる。

救いを求めるようにマリエールを見たが、彼女は椅子に座ってお茶を飲んでおり、助けはまったく期待できそうになかった。

フェイは叫ぶ。

「二時間って、私この後に用事があるのよ。ちょっといい感じになってる子がいて、食事に行く予定なの。ねえ、聞いてる？　今回は本当にいい感じなんだからさ。本気なのよ！　ねえ、グラモ、お願いだから邪魔しないで！」

「あれは、私がマリエール様とフェイ様の指示を受けて、無の森での諜報活動をした時でした……」

「ちょっと！　私の話を聞きなさいよ！」

フェイの言葉を気にすることなく、グラモが話し始めた。

マリエールの私室に四天王筆頭の叫び声が響き渡るという、最近では珍しくない光景が広がるのだった。

9. フェイの疲れはピークを迎える

「結局、あの後はどうなったの？」

翌朝、まんまと逃げおおせたヒーノが、爽やかな笑みを浮かべながらフェイに確認する。

しかしフェイの目の下には深い隈ができており、心なしかやつれていた。

さすがに心配になったヒーノが様子を確認すると、フェイは濁った目のままで視線だけを向けてブツブツと呟き始めた。

「グラモの話は四時間ほどで終わったの。それはいいの。和也殿のことに詳しくなったから。かなり充実した時間だったわ。ホントウニカレハイイコナノヨ。まさに和也殿は慈愛に満ち溢れた人物で、すべての魔物の頂点に立つ方なのよ。マリエール様と同じくらいに、仕えるに値する人物であり――」

「すとーっぷ！　ちょっと待ちなさい。何を言っているのかわかっているの⁉　四天王筆頭であるフェイ様の言葉じゃないですわよ！　本当にいい加減にしなさい、フェイ！　戻ってきなさい」

ヒーノが注意しても、フェイは言葉を止めようとしない。それは半ばやけくそであった。

フェイは虚ろな目で続ける。

「戻ってきなさい？　ふふふ。もういいのですよ。昨日会う予定だった子には恋人がいたのです。ふふふ。まさか『尊敬するフェイ様に彼女を紹介したかったのです！　色々と相談に乗ってくださってありがとうございます！』だとか、『彼がご迷惑をかけていませんでしたか？　四天王筆頭であるフェイ様に相談するなんてダメだよといつも言っていたのです』ですって！　本当にお似合いのカップルでしたね。彼らには幸せになってもらいたいです。まずは出世してもらわないと。彼には竜族への単身攻撃部隊の隊長に就任してもらいましょう。これで二階級特進で彼女も大喜びです」

「ちょーい！　待った！　ダメよ！　職権濫用ってレベルじゃないわよ！　疲れ果てている理由が、和也殿の話と関係ないじゃない。それに二人の幸せを願うのが、上に立つ者の務めでしょう」

「だってー！　羨ましいんだもん！　ずるいんだもん！」

地団駄を踏むフェイに、ヒーノは思わずツッコむ。血の涙を浮かべているフェイの様子に、ヒーノはため息をつくと、慰めるように話しかけた。

「恋人がいるとわかって良かったじゃない。仕方ないわね。今、竜族との戦いに一区切りが付いています。そこで慰問に来てもらえませんか？　四天王筆頭であるフェイ様に来てもらえるなら、喜ぶ兵士達も多いと思いますので。もしかして？　ひょっとしたら？　まさか？　な感じで素敵な出会いが生まれるかもしれませんよ？」

　フェイの目が正気に戻る。そして嬉しそうに何度も頷き、「次こそは相手を見つけてやる！」と意気込みを見せた。

　ヒーノは苦笑を浮かべつつ、話題を変える。

「ところで、グラモをフリーランスで雇う件については？」

「ああ、それなら問題なく契約したわ。グラモを筆頭に、二十名近い精鋭部隊のでき上がりよ。彼らには、ちょっと危険だけど竜族の情報を集めるようにお願いしてあるの。すでにグラモ以外には旅立ってもらってあるわ」

　フェイはそう答えると、続けてグラモだけ残している理由について説明する。

「彼には、いち早く和也殿のところへ行ってもらって、自分の借金が完済されたことを伝えてもらわないと。和也殿が『あれ？　足りない？』となって、さらにプレゼントを送ってきても困りますから。それに、和也殿に魔王領を訪問してもらうように伝えてもらわないとね」

フェイが元気になったことに安心したヒーノは、この場を去る前にこう告げる。

「それでは、四天王筆頭であるフェイ様。私は竜族との最前線に戻ります。和也殿が訪問されるまでには情報収集しておきますね」

「そちらは任せます。征竜大将軍、十分に気をつけて――それと、お母様」

ヒーノが威厳たっぷりに去ろうとしたところで、フェイが急に呼び止める。突然「お母様」と呼ばれて驚くヒーノに、フェイは真剣な目で訴えた。

「先ほど言っていた慰問の件、本当にお願いしますよ。マジで次は期待してますからね！　収入は低くて良いのです。格好良くて、筋肉質で、賢くて、優しければ！　……いえ――違いますね。私のことに怯えない者なら誰でもいいです。文句は言いません」

「どれだけ結婚相手に飢えてるのよ！　そんなに飢えてるなら、マリエール様の言う通り、和也殿のところに嫁げばいいじゃない」

ヒーノがそう言うと、フェイは微妙な顔をして言う。

「和也殿は最良の物件なのですよ。持っている資産は天文学的な額に及び、仲間達からの信頼は厚い。グラモやマウントなど外からの者にも慈悲深い。そんな方ですからむしろ完璧とさえ言えます。ただ……」

「ただ？」

そこまでの相手ならまったく問題がないと思ったヒーノだったが、微妙な顔をしているフェイに確認すると、さらに微妙な返事が来た。

「彼の周りにいるエンシェントスライム殿の試練に耐えられる気がしない……」

「何それ？　それはグラモからの情報？」

ヒーノの問いかけにフェイは頷くと、残念そうな顔をする。

そしてグラモから聞いたという、和也についての情報の入門編と初級編について、ダイジェスト版で伝えるのだった。

10. グラモが帰還する

「ふっふふーん。今日の俺はー料理人ー。美味しく作って皆に食べてもらうのさー。るららー。俺は料理人ー」

音程外れも甚だしい和也の歌声が無の森の拠点に響き渡る。

近くにいたスラちゃん1号、イーちゃん、ネーちゃん、ちびスラちゃん達だけでなくフェンリルモドキも楽しそうに身体を揺らしていた。

ノリノリの和也に、何者かが話しかける。

「ご機嫌な感じですが、何か良いことでもあったのですか？」

「特にないんだけどねー。グラモの借金のことばっかり考えていたら、俺があげたプレゼントじゃ足りないんじゃないかと心配になってさ。それで、さらに色々作って連絡を待ってるんだけど――」

　反射的に答えつつ、和也の言葉が止まる。

　声をかけた張本人であるグラモが和也の目の前におり、穏(おだ)やかな笑みを浮かべて話を続けるように促(うなが)していた。

「色々作って、どうされるのですか？」

「作ってるだけだと楽しくないから、息抜きが必要だとスラちゃん1号に言われて……グラモー！　お帰りー。待ってたよー。いでよ、万能グルーミング！」

　和也はそう言うと、感極(かんきわ)まってグラモに抱きついた。そしてすぐさま、グラモのグルーミングに取りかかる。

「お疲れ様ー。借金返済ができたかは後でゆっくりと聞くから！　まずはグルーミングで綺麗にしないとね！」

「か、和也様！　そのような――あひょぁぁぁぉぉぉぉ！　そこは古傷(ふるきず)のノミの痕(あと)で――のぉぉぉぉぉ！　くはあぁぁぁぁぁ。そこです！　そこなのですよー」

「だろー。そうじゃろう！　俺のテクニックを受けたら離れられなくなるのだよー。そらそらここだろう！　無駄な抵抗はやめて、我が腕の中で朽(く)ち果てるが良いわー」

なぜか悪者のような台詞を吐きつつ、和也は自分が満足するまで、グラモのグルーミングを続けるのだった。

「そして改めてお帰りー。どうだった？　借金返済は大丈夫だった？」

グルーミングが終わって満足げに汗を拭いつつ、和也は爽やかに確認する。対してグラモは息も絶え絶えだったが、満足げな表情をしていた。そして時折、身体をビクビクとさせながらなんとか返事をする。

「そ、そうですな。か、和也様が用意してくださったプレゼントのお陰で、借金はゼロになりました」

「え、そうなの？　確かグラモの借金ってものすごい金額だったと思ったけど、完済できたんだね。もしかしたらマリエールさん、気を遣ってくれたのかな。いや、やっぱりあのお願いの横断幕が良かったんだろうね。マリエールさんは優しい魔王様だね。俺の手作りのプレゼントで、グラモの借金をチャラにしてくれるんだから」

そう言ってうんうん頷く和也を見ながら、グラモは苦笑していた。

マリエールに渡されたコイカの糸で編まれた横断幕だけで、グラモの借金の大部分が返済されており、その他のプレゼントを合わせると完全に過払いになっていたのだから。

グラモは今はそれについて口にせず、他の報告を続ける。

「それと、マリエール様とフェイ様から、私に仕事の依頼もありまして――」

「えー！　それってグラモがここからいなくなるってこと？　やだよー。せっかく帰ってきたのに……でも仕方ないよね。グラモには奥さんも子供もいて、働かないと暮らせないもんね。俺の国ではまだグラモにお給料をあげられないからなー」

和也がそう言って、とても残念そうな顔をする。

和也が治める無の森では、貨幣として玩具レベルの魔石が配られていた。当然ながらグラモにも配られており、グラモはその価値が和也が思っている以上に高いことを知っていたのだが……

そんなことはおくびにも出さず、グラモが答える。

「いやいや。そういうわけでもないのです。というより、若い者に和也様の国を支えてほしいですからな。私のような年寄りは、恩のある魔王様に今までの分を返しませんと。それに、定期的には戻ってまいりますから、そこはご安心ください。色々と魔王領以外の場所を調査する予定もあるんですよ」

「魔王領以外にも⁉　グラモは色々なところに行くんだね。俺もここだけじゃなくて、いろんな場所を見てみたいね！」

興味深そうに言う和也に、グラモは笑みを浮かべて話す。

「それならちょうど良かったです。魔王マリエール様から『様々なプレゼントを渡してくれた和也殿を魔王領に招待したい』と伝言を預かっているんですよ。まあ、準備があるので、今すぐにとはいかないかと思いますが……」

　その後、グラモもグルーミングの余韻が落ち着いた。彼は鼻をヒクヒクとさせて、和也が調理をしている場所に視線を向ける。

　そこには、鳥のような物が鍋の上に吊るされており、鍋には大量のお湯らしき物が見えた。

「あの和也様。あれは？」

「ああ！　あれは北京ダックモドキだよ！」

　思いっきりドヤ顔で胸を張って答えた和也だが、グラモの頭にはハテナマークが出ていた。

　首を傾げているグラモを見た和也は、この世界には北京ダックがないんだと理解すると、グラモにもわかるように説明を始める。

「えっと、この鳥にお湯をかけながら油を落として、その後で皮をパリパリになる感じで炙るんだよ！」

「な、なるほど。それは変わった料理方法ですな。でき上がりが楽しみです。それにしてもどんな鳥を使って？　……か、和也様？　ひょっとして調理されている鳥はヒアルで

「は?」

グラモは吊るされている鳥を見て絶句していた。

伝説の鳥ヒアルは、魔王領では絶滅した鳥として記録の中にだけ残っている、貴重な鳥だからである。

「こ、これを魔王領で学者に話したら大混乱が起きるな」

和也は北京ダックモドキの調理を再開し、楽しそうにしている。

ヒアルは警戒心が薄く、肉の美味しさもあって乱獲されたという。また、その羽は美しいだけでなく保温性にも優れ、装飾品や布団などにも好んで使われたことも、乱獲を加速させてしまった一因らしい。

数百年前に絶滅したその鳥をグラモが知っていたのは、諜報部隊として様々な知識を得る必要があったためである。

和也はグラモからそのような説明を受けつつ、北京ダックモドキを調理していく。

「でも、そんなに貴重な鳥だったとは知らなかったよ。ひょっとして、こんな風に食べるのはマズかったかな? 怒られない?」

北京ダックモドキは艶やかな色合いで、見る者の食欲を刺激しまくっている。ちょっとだけ焦った顔になっている和也にグラモは答える。

「いえいえ。和也様が気にする必要はありませんぞ。絶滅した鳥ですが、魔王領は弱肉強食なのです。厳しい話ですが、滅びる方が悪いとも言えます。今回、たまたま発見されただけ。仮に、最後の一羽だったとしても、誰も和也様には文句は言いませんからご安心くだされ。まあひょっとしたら、学者が骨や羽を欲しいと言うかもしれませんが」

「そうなの⁉　じゃあ、数が多かったら問題ない？　実は繁殖に成功しているから、何羽かはあげてもいいよ！」

「は？」

説明を聞いて安堵した和也は、驚くグラモをよそに、そのヒアルを繁殖させているという場所に移動し始める。

グラモは衝撃を受けつつも、和也の後をついていった。道すがら、先ほど伝えるのをためらっていた、和也が渡したプレゼントの価値について話をする。

コイカの糸が高級品であること。オリハルコンやミスリルは希少金属で、簡単には採掘できないこと。魔力を含んだ宝石は簡単には採れないこと。無の森で獲れる肉は伝説級と呼ばれるレベルであること。そうしたことを力いっぱいに、そう、かなりの熱量を持って力説した。

「――とのことです。わかりましたか？　和也殿がくださった品はものすごい価値があるのですよ。本当にですよ！　魔王様もビックリレベルです」

グラモの熱弁にもかかわらず、和也は相変わらずだった。

「へー。そうなんだー。いっぱいあるから当たり前だと思ってた。まあ、グラモの借金が帳消しになったのなら良かったよ。今度、マリエールさんにお礼のプレゼントをしないとね。もちろんフェイさんにも！」

和也が満面の笑みを浮かべながら、さらなるプレゼントについて言及するのを聞いてグラモは「やめてさしあげろ」と叫びそうになった。

プレゼントをあげたがる和也と、もうもらいたくないと怯える魔王マリエール、二人の気持ちを考えて、グラモはグラグラと揺れていた。

そんな彼の様子に気づかないまま、和也はプレゼントのネタを考えつつ歩く。

「うーん。北京ダックモドキを向こうで作ってあげるかな？　それ以外には何がいいだろう？　悩むなー……おっ、着いたよ！　ここだよ、グラモ。ほら、いっぱいいるでしょ」

「え、あ、はい。どれどれ。十羽くらいですか――なっ！」

葛藤していたグラモに、和也が繁殖場に到着したことを告げる。

柵の中に数羽が放たれているくらいだろう、そんな風に軽く思っていたグラモの目が大きく見開かれた。グラモの目の前には数えきれないほどのヒアルがおり、親鳥やひな鳥がちびスラちゃん達から餌をもらっている。

和也が、グラモに自慢するように言う。

「ふっふっふー。どうだ！　すごいでしょう。番で何羽か見つけてさー。スラちゃん1号が捕獲して育ててたらどんどん増えたんだよ！　その後も一羽が二、三日おきに十個くらい卵を産んでさー。それから増えていくんだよ。スラちゃん1号が次々と同じ鳥を捕まえてくるから、鳥小屋も大きくしていってさー」

確かにそこには建物があったが、それは鳥小屋と呼ぶには広大な屋敷だった。そんな光景を目の当たりにして、グラモは呆然としていた。

「え、これって全部ヒアル？　まじで？　あのちびスラちゃん殿達が持っているのが卵？　初めて見るな。え？　ちょっ――和也様!?」

和也がグラモの手を引っ張って、柵の内側に入っていく。

「ほら！　こっちこっち！　グラモも餌やりをしてみなよ。可愛いよー。育ったら食べちゃうけどね！」

柵内では、ヒアルが放し飼いにされていた。

ヒアルは餌を食べたり、ケンカしたり、ちびスラちゃん達をつついたりしている。伝説の鳥が溢れ返っているという信じがたい状況の中、和也が一羽を捕まえる。そして、彼はそれをグラモの前に持ってきた。

「いでよ！　万能グルーミング！　ちなみに、この鳥は万能グルーミングで櫛やブラシを作りだしてグルーミングしても懐かないんだよ。どうしてだと思う？」

和也にグルーミングされているヒアルは、彼が手を動かしている間は気持ちよさそうにしていたが、手を止めると身体をバタバタとさせて逃げるように暴れた。

グラモは少し考えて……まったくわからず、考えることを断念した。

「和也様のお力は、エイネ神から与えられたものです。私ごときでは理解することができませんな。わかっているのは、和也様のグルーミングを受けても懐かないヒアルは、我らとは違うということでしょうか。むしろ、敵なのかもしれませんな。ここにいるヒアルすべて、焼き尽くして北京ダックモドキにしてやる！」

なぜか急に、ヒアルに対して無駄に殺気を放ちだしたグラモ。

和也は苦笑しながら万能グルーミングでブラシを取りだすと、グラモの背中を思いっきりこすった。

「うひぃぃぃぃぃ！」

「ダメだよ！　せっかくここまで増やしたんだから！　貴重な卵を産んでくれる鳥さんだからね。ちょっとはお肉を食べるために殺したりはするけど！」

グラモは、和也から叱られながらグルーミングされ、喜んでいいのか怒っていいのかわからない状態に陥るのだった。

「ううう。なぜ私がこんな作業を――」

ヒアルに餌を与えながらグラモが愚痴っていた。

そんなグラモの足下では、機嫌良く餌を食べたり、餌の代わりにグラモの足をついばんだりしているヒアルがいた。

「こら！　足をつつくな！　それは餌ではない！　こらやめぬか」

「懐かれているねー。グラモはひょっとして、ちびスラちゃん達よりもこのお仕事に向いているかも。おお！　今日はたくさん卵を産んでくれてるー。これは卵を使った料理ができるな。何を作ろうかな。そのうちプリンを作りたいかな？」

グラモが足を動かしながらヒアルのついばみ攻撃を避けていると、和也が笑いながら話しかけてきた。和也の手には万能グルーミングで出したブラシが握られており、一羽のヒアルがグルーミングされて、気持ちよさそうにしていた。

そんなご機嫌なヒアルを見て、一瞬グラモの顔に殺気が宿る。だが、和也から咎めるような視線を向けられ、グラモは慌てて笑顔を作った。

「と、ところで和也様。そのプリンとやらはなんでしょうか？」

「ん？　こっちにはプリンってないの？　へー、ないんだね。えっと、プリンはね。甘くてプルプルでツルッと喉ごし爽やかで、カラメルはほんのり苦甘くて、でも美味しくて……」

しかし和也の説明では理解できず、グラモの顔に困惑が浮かぶ。

「仕方ないなー。じゃあ、グラモのためにプリンを作ってあげるよ。と言いたいところだけど、牛乳がないんだよねー。どっかに牛とかいない？」

「牛ですか？　かつてはいたようですが今はもう……牛乳というのは牛の乳のことですよね。どのような乳でもいいのでしょうか？」

和也が首を傾げていると、グラモがさらに説明を加える。

牛はかつてこの世界にもいたが、今は絶滅していないこと。代わりに、魔王領では山牛と呼ばれる牛に似た魔物を飼育しており、牛に比べると味も量も劣るが、牛乳としては利用できることを伝えた。

「そうなの？　だったら、その山牛を番で欲しいな。場所はヒアルの隣に作っておくから！」

「かしこまりました。和也様からのお願いであれば、魔王マリエール様も少し恩返しができると喜ばれるでしょう。しかしプリンでしたっけ、随分と美味しそうでしたが、この感じであればすぐには食べられないんでしょうな」

グラモは和也からの要望に嬉しそうにしながらも、プリンが食べられないことにガッカリしていた。

そんなグラモに和也は笑いかける。

「ごめんねー。プリンは牛乳がないと作れないけど、それ以外の料理は用意しているよ！さっそく、グラモのお帰りなさいパーティーをしようよ！」

グラモと和也が話していると、ヒアルの繁殖場にスラちゃん1号がやって来た。

「ちょうど良いとこに！ スラちゃん1号！ パーティーの準備をしたいのだけど、今からでも大丈夫？」

スラちゃん1号は「当然、準備はできていますよ。先ほど和也様が作られていた北京ダックモドキも仕上げておきました。ダメですよ。途中で放置するなんて」との感じで触手を動かしながら、お説教混じりに伝えてくる。

「ごめん！ グラモに鳥さんを見せたくて忘れてたよ。ねえねえ聞いて！ この鳥さんはヒアルって名前があるんだって！」

すると、スラちゃん1号は動きで実は元から知っていたことを伝えた。

「え？ スラちゃん1号は知ってたの？ 教えてくれたらいいのに！」

プリプリと怒る和也に、スラちゃん1号は「和也様が命名する名前の方が大事ですから、元の名前はどうでもいいです」と触手を動かして答えた。

グラモが驚愕（きょうがく）の表情を浮かべながら呟く。

「スラちゃん1号殿はヒアルの名前をご存じだったと……私でさえ偶然（ぐうぜん）知っていたというのに。いったいスラちゃん1号殿はどこでその知識を？」

スラちゃん1号はイタズラが成功したような感じで触手を動かしながら「内緒です」とグラモに伝えるのだった。

さっそくパーティーが始まる。

「では、グラモの借金返済が終わったことと、拠点に帰ってきてくれたことを祝して！　それと、お仕事を見つけて旅立つことは寂しいけど、元気に頑張ってほしいので激励します！　なんかよくわからなくなってきたからもういいや！　乾杯ー！」

和也のグダグダな挨拶で、参加しているメンバーが嬉しそうに唱和する。

グラモは自分のために用意された料理や、和也が自分を気にしてくれていたことを再確認して号泣していた。

「うおー。和也様ー。和也様に栄光あれ！　我ら土竜一族は、これからも変わらぬ忠誠を和也様に捧げますぞー！　この和也様の慈愛の深さも後世に伝えなくては！　わかっておるのか！　皆の者はわかっとるのか？」

グラスを掲げながらハイテンションで周りの者に絡んでいるグラモを見て、マウントが鬱陶しそうに顔をしかめる。

「うるさいぞ、グラモ。自分が和也殿にチヤホヤされているからといって自慢するな」

そんなマウントに近づき、グラモは肩を組みながらグラスを掲げる。マウントがグラモを煩わしく思っていると、なぜかトーリが飛んできてグラモの肩に止まる。

「くるるる」

「そうでしょう！　そうでしょう！　トーリ様もそう思われるでしょうか！　まあ、我々ほど和也様から寵愛を受けている者はいないでしょうなー。土の四天王であるマウント様でも、和也様にここまでの寵愛は受けられないでしょうからなー」

「るるるるー」

嬉しそうに頷きながら、グラモが胸を張って大笑いを始める。

ドヤ顔をしているグラモに、マウントは心底イラッとした表情を浮かべる。

「本当に鬱陶しいな。思わず真の姿で消滅させたくなるくらい」

マウントはグラモを押しのけつつも、さすがにトーリには遠慮していた。

そんなやりとりがありつつ、パーティーが終了するまでの三時間近く、グラモは周りの者に、自分がいかに和也から寵愛を受けているかを説明するのだった。

11．和也の食材探しが始まる

グラモを色々と歓迎したり送別したりするパーティーが終わった後。

「よく考えたらプリンを作るのにカラメルが必要だよね！　そういえば拠点には甘味がないよね！　こっちに来て結構経つのにお菓子を作っていないなんてこれは大問題ですよ！　どう思う？　スラちゃん1号？」

和也がスラちゃん1号を抱きかかえながら聞いた。

プリンを作るには、卵、牛乳、バニラエッセンス、蜂蜜などが必要である。牛乳はグラモがヒアルを魔王マリエールに渡す代わりにもらえることになっていたが、それ以外の材料に関しては、目処が立っていない。

「牛乳は待つだけで良いけど、蜂蜜はできれば自分のところで賄えるようにしたいよね。俺としては甘味を作りたいけど、なんとかならないかな？」

立て続けに質問を受け、スラちゃん1号はプルプルと震えながら考え込んだ。しばらくして何か閃いたらしく、急に触手を動かし始める。

「確かマウント様の砦の近くに蜂が生息していたと思いますよ。まずは蜂蜜を探して、久しぶりに遠征をしますか？」と弾むスラちゃん1号。

和也は名案を聞いたとばかりに嬉しそうな顔になると、万能グルーミングで手袋を作りだしてスラちゃん1号をつやつやにし始めた。

「さすがはスラちゃん1号！　蜂蜜はいいよね！　風邪を引いた時にも効果があるし。料理でもテカリを出すのにも使えるし。普通に舐めても美味しいもんね。じゃあ蜂を捕まえて養蜂しよう！　早く準備をしないと。俺は虫網と虫かごを用意するからね！　昔は『虫取り和ちゃん』と呼ばれていたのだよー」

和也がテンション高く準備をするために自宅に走っていく。

つやつやにされた状態でその場に放置されたスラちゃん1号は、和也の後ろ姿を微笑ましそうに見る。それから他のスラちゃん達や犬獣人達に声をかけて、遠征の準備を始めるように指示を出すのだった。

「準備は万端かー！」

壇上から和也が叫ぶと、集まっていた魔物達が応える。

「にゃううう！」

「きゃううう！」

「もちろんです！」

「わおぉぉぉ！」

「護衛は我らにお任せを！」

集まっているのは、イーちゃん率いる犬獣人五匹に、ネーちゃんが仲間三匹。グラモの息子であるタルプをはじめとする土竜一族十人。フェンリルモドキが十頭に、砦まで案内するマウントの配下である魔族が三十人という、大所帯の編成となっていた。

「ねえ。掛け声しといてなんだけど、ちょっと人数多くない？　みんなそんなに蜂蜜が食べたいのかな？」

振り返りながら問いかけた和也に、スラちゃん1号は「当然です。和也様は魔王様が無の森の盟主と認めたお方。その護衛ですからこの規模では少ないくらいですよ。あと、私とスラちゃん3号、スラちゃん6号。それとちびスラちゃんが百匹ほどついていきます」と触手を動かして伝えてきた。

「そうなの？　俺って重要人物みたいだね」

和也が能天気な発言をしている中、一同は着々と出発の準備を整えていく。そして隊列ができると、和也が乗るための人力車がやって来た。

人力車は以前に利用した時よりもバージョンアップしており、乗り心地だけでなく、見た目も豪華な感じになっていた。

「おおー。すごいねー。これに乗ったら王様みたいだねー」

満足げに乗り込んだ和也は、室内の豪華さに感心する。

一緒に乗り込んだスラちゃん1号は、和也が座ったのを確認すると、人力車を引っ張るイーちゃんに指示を出すように触手を動かした。

「きゃううう！」

イーちゃんと他の犬獣人二匹が、元気よく人力車を引っ張り始める。

ゆっくりと動きだした人力車から和也が顔を出すと、拠点に残ることになった見送り組から大歓声が上がった。

「行ってくるねー。美味しい蜂蜜が採れるように養蜂場も作っておいてねー。たくさん蜂を捕獲してくるからー」

元気よく手を振り返す和也に、一同の歓声が最高潮になる。そんな様子を満足げに見ながら、和也は見送り組が見えなくなるまで手を振り続けた。

しばらく進んでると、和也は気づく。

「そういえば魔物に襲われたりしないね？　え、先に出発している子達が倒してくれているの？　途中で休憩は？　中継点ができてるからそこでするの？　至れり尽くせりなんだけど、いつの間に中継点を作ったの？」

不思議そうな顔をしつつ身を乗りだして遠くを見ようとする和也に、スラちゃん１号が誇らしそうに触手を動かしながら説明してくれた。

すでに拠点を中心とした街道整備はなされ、石畳までもが敷かれていたため、人力車は快適に進めるようになっていた。また、常日頃から凶悪な動物達を狩っているため、無の森の中でも拠点を中心とした街道は安全になっているらしい。

　そんな努力を知らなかった和也は感心して何度も頷いた。

「皆にグルーミングが必要だねー。その前に……道を綺麗にするように指示したのはスラちゃん1号でしょ？　ううん。謙遜しても俺にはわかるからねー。いでよ！　万能グルーミング！　まずはスラちゃん1号からつやつやにしてやんだかんね！　うりうりー」

　和也は万能グルーミングで手袋と霧吹きを作りだすと、スラちゃん1号を抱えて、フルコースのグルーミングをしてあげるのだった。

「中継点って聞いてたけど、完全に村って感じになっているねー。これはお泊まり必須案件ですなー。どうやって運営してるの？　え、物々交換でなんとかなってるの？　ほーなるほどなるほど。良いですなー。実に良い。魔王領から人が来た時はどうしようかなー。金額とかはマリエールさんやフェイさんに聞こうかなー」
　人力車を降りた和也は、感心したように周りを眺めつつ、色々考え込んでいた。
　中継点には、木造の家が十軒ほど並んでおり、共同で食事ができる場所まで用意されている。宿泊料金は未設定だったが、物々交換で宿泊できるとのことだった。

「そうだ！　今回俺も泊まるけど、どうしたらいいの？」

今後、この中継点の村がどう運用されていくべきかを考えつつ、近くにいた中継点を任されているという犬獣人に和也が聞くと、犬獣人は大慌てで首を横に振って無料だと答えた。

「それは駄目だよー。スラちゃん1号。何か用意できる物ある？」

「和也様が料金を払う必要はないかと思いますよ。魔王様から無の森の盟主として認められているお方です。和也様が支払わなくても、私達が代わりに支払います。どうしてもと言われるのなら、中継点を作った子達にご褒美をお願いします」と触手を動かして伝えてきた。

「ご褒美？」

和也は、くてんと首を傾げてしばらく考えていたが、中継点を作った者達の期待している目を見ているうちに答えを思いついて、大きく頷く。

そして万能グルーミングでブラシや霧吹き、手袋に櫛など様々な物を作りだすと、大きな声で叫んだ。

「ふはははー。皆の者！　中継点作りはご苦労であったぞー。これからその方(ほう)達には褒美としてグルーミングをプレゼントしようぞ！　一列に並ぶのじゃー」

「きゃぅぅぅぅ！」

「なやぁぁぁぁぁ」

「うぉぉぉぉ」

「おい！　お前は中継点を作ってないだろう！　和也様の護衛だろうが！」

「俺もグルーミングしてほしいに決まってるじゃないか！」

和也の宣言に、集まっていた一同が大歓声を上げる。だが、少しでも早い順番を取ろうとつかみ合いまで始まってしまった。

自分の言葉で騒然となってしまったことに、和也が焦った顔になる。するとその瞬間、広場に鞭を叩きつけたような高い音が響き渡った。

そこにはスラちゃん1号がいて、「皆さん。和也様が困っておられますよ？　和也様にグルーミングをしていただく順番に早い遅いなど必要ありません。静かに並びなさい。貴方達は和也様の配下なのですよ？」と触手を何度もペシペシと叩きつけていた。

その音を聞いた一同は一瞬で静かになると、今までの騒動が嘘のように揉めることなく整然と一列に並びだした。

そして、護衛のメンバーはこっそりとその場から離れようとしていたが、目の前にできた溝に動きが止まる。それは、スラちゃん1号が溶解液を吐き出して作った溝で、数人くらいなら入れそうな大きさだった。

護衛のメンバー一同が硬直していると、スラちゃん1号は触手を向けて護衛達に近づいた。

「どこへ行くのですか？　貴方達は中継点を作った者達ではないのに並ぼうとしましたね？　罰としてあちらの開拓予定地から土を持ってきてこの溝を埋めなさい。食事をするまでには終わらせるのですよ」と身体を上下に弾ませてスラちゃん1号は怒りを露わにした。

そんな怒り心頭なスラちゃん1号の様子に、護衛だけでなく並んでいた者達や和也も震えた。

澄ました顔でスラちゃん1号は小さく頷きながら、食事の準備をするために、共同の食堂に向かうのだった。


「いやー。それにしてもスラちゃん1号は怖かったねー。絶対に怒らせないようにしないと駄目だね。あれ、俺はスラちゃん1号に怒られたことないな？　大丈夫なのかな？　実は密かに怒らせているとか？」

全員のグルーミングが終わった和也が大きく伸びをしながらも、先ほどのスラちゃん1号のお説教を思い出して身震いをしていた。

スラちゃん1号の怒りの原因は和也を困らせたことにあるのだが、そんなことに気づいていない和也は、自分は怒られないようにしようと何度も頷きながら悪いことはしないと誓ったった。

「きゃううう！」

「きゃうきゃう！」

和也を見つけた犬獣人二匹が嬉しそうに近づいてくる。そして勢いよく抱きつくと、親愛の情を込めて身体を擦りつけてきた。

犬獣人達からいい匂いがするので何度も匂いを嗅いでいた和也だが、彼らが手に持っている桶に気づく。

「ああ。お風呂に行ってきたんだね！　いでよ！　万能グルーミング！　お風呂上がりのグルーミングをしてあげようー。うりうりー。ここがいいのか？　ここも気持ちいいじゃろう」

和也が万能グルーミングで櫛を作りだして、湿り気を帯びた二匹に対してブラッシングを行う。

絶妙な力加減で櫛を通された犬獣人は、大きく尻尾を振りながら喜びを表し、和也の頬を何度も舐めた。もう一匹もブラッシングをした和也は満足げに頷く。

そして、二匹からお風呂の場所を聞くと、自らも入るために向かうことにした。

「俺もお風呂に入ろーっと！　桶とかタオルはないけど——あっ。スラちゃん1号！　俺もお風呂に行きたいからタオルある？」

偶然近くにいたスラちゃん1号が何事かと触手を傾げていると、和也がお風呂の素晴らしさを力強く話しだす。ニコニコと話している和也を見ながら、スラちゃん1号が「もちろんありますよ。桶も用意していますからゆっくりとしてきてください」との感じで触手を動かしながら桶とタオルに石けんを渡してきた。

「おお。さすがはスラちゃん1号！　俺の行動を読んでるよね。じゃあお風呂をいただいてくるよ。と、思ったけどスラちゃん1号も一緒に行こう」

桶などの一式を受け取った和也は、スラちゃん1号の触手を手に取ると一緒にお風呂に向かった。

12．中継点で混浴（？）と食事会

「ふんふんふふふのふふふふふー」

謎の歌を口ずさみながら、和也は機嫌良く脱衣場で服を脱いだ。風呂には鏡が設置されており、和也はその前で、久しぶりに自分の身体を眺めていた。

「うん。こっちの世界に来た時よりは筋肉が付いているなー。やっぱりイーちゃんと一緒に畑仕事を始めたからだね。最初の頃は完全にヒモ生活だったから、贅肉プルンプルンになってたもんなー」

無駄にポージングをしながら、和也は自らの筋肉に見入っている。

異世界セイデリアにやって来た当初は、身体に筋肉など付いていなかった。また、スラちゃん1号を仲間にしてからは、上げ膳据え膳の対応だったので、元からの体型にさらに拍車をかけるように堕肉が増えていた。

そんなプニプニ状態はスラちゃん1号には好評だったが、和也的にこのままではまずいと危機感を覚え、イーちゃんと一緒に畑仕事をするようになったのだ。

畑を耕した経験のない和也は、しばらくは鍬などの農具に振り回されている状態だったが、徐々に慣れていき、それに伴って筋肉も付いていった。そして最近では、他人に見せられるレベルの身体に仕上がったというわけであった。

スラちゃん1号は、和也の身体が筋肉質になってしまいどこか残念そうだったが、犬獣人、猫獣人、グラモ達には好評だった。

和也は自らの身体を心ゆくまで眺め、満足げに呟く。

「うんうん。良い感じに仕上がっているなー。これからも維持しないと！　……くしゅ！　うぅ……寒っ！　いつまでも自分の身体を見続けていたら寒くなってきた――」

和也は小さくくしゃみをしつつ、桶を持って浴場に入っていった。

「おお！」

浴室の大きさを目の当たりにした和也は、思わず歓声を上げてしまった。

周囲を見渡すと、身体を洗う場所は大人が十人座っても余裕があるほどの広さであり、お風呂も大浴場だけでなく、良い匂いがする薬湯風呂、湯が勢いよく流れ込んでいる滝壺のような風呂など、スーパー銭湯顔負けの種類の多さだった。

「うぉぉぉ。普通にすごいじゃん。こんな種類を考えついたのはスラちゃん1号だろうな。あれ？　そういえばスラちゃん1号はどうしたんだろう。まだ更衣室かな？」

和也がキョロキョロしながらスラちゃん1号を探していると、和也が出てきた更衣室とは違う扉が開いた。

現れたスラちゃん1号は頭にタオルと桶を載せていた。

スラちゃん1号は「さあ、和也様のお身体を洗いますよ。まずは汚れを落とすためにかけ湯をしましょう」と触手を動かす。

そしてスラちゃん1号は和也に適温のお湯をかけつつ、タオルを泡だらけにしてから和也の身体を洗い始めた。

「ちょっ、くすぐったいって！　自分で洗えるから。大丈夫だって！　え、俺の身体を洗うのはスラちゃん1号の使命だって？　それなら仕方ないなー。存分に我が身を洗うがよいぞー。でも、後で俺もスラちゃん1号を洗うからね」

和也は椅子に座ってスラちゃん1号に背中を向ける。そして、隅々まで身体を泡だらけにして洗われると、勢いよくお湯をかけられた。

スラちゃん1号の触手によって洗われた和也の身体は、頭の先から足の指の先までつやつやになっており、和也のグルーミングにも匹敵するような出来栄えであった。

和也が感心して声を上げる。

「おお！　スラちゃん1号のテクニックがすごい。俺の代わりにグルーミングできるんじゃないの？」

「お褒めの言葉は嬉しいですが、和也様のグルーミングは至高の領域です。私などはとても。今後は、和也様のグルーミングはもっと特別なものであると、周知した方が良いかもしれませんね。ですが、和也様がグルーミングをしてはいけないとの話ではありませんよ？」と伝えてきた。それからスラちゃん1号は、仕上げとばかりに飲み物を手渡してくる。

「よかったー。てっきり、グルーミングを禁止されるかと思ったよ。俺からグルーミングを取ったら何も残らないからね。安心したところでお礼に交代だよ！　え、さっきグルーミングを二回もしてもらっただって？　気にしない！　何度でも俺からのグルーミングを受ければいいんだよ」

和也は受け取った飲み物を脇に置くと、強引にスラちゃん1号を抱きかかえて椅子に座らせ、タオルと石けんを駆使して洗い始めた。

巨大な泡の球ができ上がるほど、和也は一所懸命にスラちゃん1号の身体を泡立てていく。

「ちょ、ちょっと和也様⁉　泡が目と口に入りますから！」と動きで伝えてワタワタしているスラちゃん1号を楽しそうに見ながら、和也はふと思うのだった。スラちゃん1号のどこに目と口があるのだろうかと。

それから和也は湯船にスラちゃん1号と浸かり、満面の笑みを浮かべた。

「ふはー。極楽だねー！　うんうん。これは素晴らしいものだ。早く、皆にも味わってほしいね。そうだ！　順番に中継点に保養に来てもらおうよ。いいアイデアだ。そうしよう」

そしてスラちゃん1号に、皆にも来てもらうように指示を出す。

その後、和也はスラちゃん1号が用意してくれた飲み物を美味しそうに一気に飲むと告げる。

「よーし。こっちからあっちに競争だ！　次は負けないからねー」

和也は大浴場に移動すると、スラちゃん1号と競泳を行った。勝敗は二十勝十九敗で和也の勝利だったが――

「あれ？　なんか頭がボーとしてきた。ちょっと気持ち悪い……」

長時間湯船で遊んでいたためのぼせてしまい、真っ赤な顔になってスラちゃん1号に介抱されるのだった。

スラちゃん1号が派手に触手を動かしながら説教している。スラちゃん1号は触手の動きだけで次のように伝えた。

「お風呂が楽しかったのはわかりますが、和也様は少しはしゃぎすぎでしたよ。急に倒れられたらビックリするじゃないですか！　いいですか？　和也様は至高の御方なのです。誰にも代わりはできません。和也様に何かあって困るのは、ご自分だけではないのです。イーちゃん達、ネーちゃん達、グラモにモイちゃん、マウントさん達も困ることになるのですよ。わかってますか？」

スラちゃん1号の手厚い看護でのぼせた状態から回復した和也は、ジュース片手に小さくなって反省していた。

和也は久しぶりの湯船でテンションが振り切れてしまい、大浴場での水泳対決だけでなく、その前に、打たせ湯、薬湯風呂、サウナまで制覇し、しかも長時間湯船に浸かっていたため、のぼせてしまうのも当然だった。

和也は心底申し訳なさそうに謝る。

「ごめんね。ちょっとだけ調子に乗っちゃったよ。明日は大人しく入るから許してね」

　スラちゃん1号は軽くため息をつき、「わかりました。明日も湯船に入られるのですね」と動きで返答すると、ちびスラちゃんを呼び寄せた。そして、ちびスラちゃんに到着日が遅れるとマウントに伝えておくように指示を出した。今回の旅の目的地はマウントの砦の近く蜂の生息域だが、ついでにマウントの砦を訪れることにしていた。

　スラちゃん1号は勢いよく飛びだしていくちびスラちゃんを眺めながら、和也に優しく触手を伸ばす。何度か撫(な)でて和也を優しく立ち上がらせると、食事の準備が完了していることを伝えた。

　すると、和也は勢いよく顔を上げた。

「そうだったね！　晩ご飯の時間だよね！　反省もしっかりしたしご飯に行こう！　前みたいにお肉をグルグル回している感じ？」

　スラちゃん1号は「当然ありますよ。その他に麺類(めんるい)も用意しました」と触手の動きで答える。すると和也はさらにハイテンションで口を開く。

「ええ！　麺類！　それはいいねー。うどん？　そば？　ラーメン？　それともスパゲッティかな？　んー。何が用意されてるんだろうねー。楽しみだなー」

　こうして、急に元気になった和也とスラちゃんは食堂に向かうのだった。

　途中で、獣人達、ちびスラちゃん、グラモの息子であるタルプと出会ったので合流する。

和也はニコニコしながらタルプに話しかける。

「そういえば、タルプが土竜一族を率いているの？」

「はっ！　その通りです。親父殿から『これからは若い者の時代だ。儂らは魔王領で仕事をすることになった。半年に一度はここに戻ってくるが、長老衆として表舞台には出ない。タルプが族長としてすべてを決めれば良い』と言われております。ですので、私達が和也様の目と耳になって任務をこなしていきますので、なんなりとご命じください」

軽い感じで話しかけたのに、タルプからは仰々しく返答されてしまった。とはいえちょうど良いタイミングだったので、和也は真剣な顔になってお願いする。

「じゃあ、タルプに確認してほしいことがあるんだ」

「はっ！　さっそくでございますね。和也様からの任務、このタルプ、身命を賭してやり遂げてみせます！」

タルプは目を輝かせて、背筋を伸ばして次の言葉を待っていたが……

「お願いしたいのは……夕食を作った子を確認してきてほしいんだ」

タルプは和也の言葉を聞き漏らしたような気がした。こんな簡単なお願いをするはずがないと思い、タルプは和也に尋ねる。

「は？　い、いえ！　失礼しました。少し耳が遠くなっているのか、和也様のご依頼が聞き取れませんでした。申し訳ありませんが、もう一度お願いできますでしょうか？」

「――聞こえなかったの？　仕方ないなー、もう一回言うよ。今日の夕食を作った子を確認してきてほしいの」

先ほどと同じ台詞を繰り返した和也に、タルプは頷きながら部下に夕食当番を確認してくるように命じた。

「他にもあるんだよ」

「おお！　他にもありますか」

「スラちゃん1号が言っている麺類が何かを調べてきて！　いや、やっぱりいいや。その場で見た方がいいもんね。よし、タルプは俺と会場に向かおう。そこで一緒に味見をしてくれる？」

「あ、味見……はっ！　このタルプ。身命を賭してやり遂げてみせます！」

かなり残念な依頼だったが、気を取り直してタルプは和也からの勅命を喜んで受ける。残っていたタルプの部下達は「味見に身命を賭すのか？」との表情を浮かべていた。しかし、若い族長が嬉しそうにしているのを見ると、彼らは何も言えなくなった。

「よし。じゃあ、タルプと俺、それとタルプの部下達も審査員だよ。この中継点でメインになる食事を決めるからね。スラちゃん1号が言っている麺類って一種類？　え？　すぐにでも他の麺類も用意できるの？　だったら今からお願いできる？」

「わかりました。和也様がご希望なら、ご提供できる麺類をすべて用意しますよ」と触手を動かすと、スラちゃん1号は調理場に向かっていった。

「到着ー。さーて何から食べようかなー。やっぱり、美味しく焼けました状態になってる肉からかな！」

和也が嬉しそうに手をこすり合わせながら、会場を見渡す。

宴会場となっている食堂中央では、棒に刺さった大きな肉の塊が焼かれており、ちびスラちゃんはその肉が焦げないように、一所懸命に棒を回転させていた。

その周りには、飲み物が大量に用意されており、果実ジュースや炭酸ジュースだけでなくビールやワインなどのアルコール飲料もあった。

「おお、ビールやワインもあるんだ。俺は酒が弱いからノンアルコールでいいけどねー。好きな人は飲みたいだろうから、用意されているのはいいね。それで肝心かなめの麺類っと――」

切り分けられた肉を片手に、料理や飲み物を見て回りながら、和也はお目当ての麺類を探し始める。

そして、コーナーの一角にあるのを見つけると目を輝かせた。

「おお！」

そこには、半円形の筒が数メートルに渡って角度をつけて取り付けられており、筒の中には水が流れ、細長い麺が定期的に流されていた。

「うわぁぁぁ！　流しそうめんじゃん。え？　なんでスラちゃん１号が流しそうめんを知ってるの？　なんでなんで？　えー教えてくれても良いじゃん！　内緒になんてしないでよー」

和也はすぐにスラちゃん１号を捕まえると、怒濤のごとく質問攻めにする。しかしどれだけ聞いても、スラちゃん１号は言葉を濁すだけで教えてくれなかった。

「もう！　なんでそんな意地悪するんだよ。教えてよー」

上下左右にスラちゃん１号を振り回してみたが、スラちゃん１号からは答えは返ってこなかった。

和也は残念に思いつつも諦め、自分の隣にスラちゃん１号を置くと、気分を入れ替えるようにテンション高く叫んだ。

「よーし！　これから流しそうめん大会だー。どれだけ多く取れるか勝負だー。第一回戦は俺とタルプ！」

「は？　へ？　和也様と勝負ですか？」

突然の指名に、タルプが困惑した表情を浮かべる。

それからすぐに、スラちゃん１号から箸を手渡されたタルプは、今まで見たこともない道具なのでさらに戸惑ってしまった。

和也はタルプに箸の使い方を説明する。

「こうやって持つんだよ。ほら、こんな感じで動かせるだろ？　これで流れてくるそうめんを的確に取るのだよ」

「しかし和也様。私のこの身体では、箸を和也様のように扱えません」

そう言うとタルプは、土竜一族特有の爪を和也に見せた。

爪は土の中を潜るのに特化した長さがあり、箸を持つのは難しかった。四苦八苦しながら和也の教え通りに箸を持とうとするタルプだったが……。

和也は少し考え、スラちゃん1号と相談を始める。

「この箸をさ、タルプが持てるようにできないかな？」

スラちゃん1号は「わかりました。任せてください。それくらいの加工ならすぐにできますよ」と触手から溶解液を吐き出して箸を加工しだす。

そして、数分と経たないうちに、加工が終わった状態の箸を何膳か作りだした。

「おお、ものすごく良い感じじゃん。どう、タルプ？　これなら使えるんじゃない？」

「ほう。これを爪の先に装着するのですな。ふむふむ。これなら上手く使いこなせそうです」

器用に爪の先に箸を装着したタルプは、確認するように何度も箸を動かした。そして、近くにあった豆料理に目を向ける。何粒か試しにつかんで問題ないと判断すると、和也に向かって満面の笑みを向けた。

「お待たせしました。これなら和也様とも良い勝負ができそうです！」

「よし。それじゃあ。勝負だ！　ふっふっふ。『豆取り箸つかみ名人』と呼ばれた実力を見せてやろうぞー。遠慮はいらんぞぉぉぉぉ」

和也はタルプの言葉ににやりと笑みを浮かべると、箸を何度も動かしてなぜか戦隊モノのポーズを決めた。

周りの者にはポーズの意味が伝わらなかったが、和也に自信があることは伝わったらしく、大歓声が上げる。

気づけば、流しそうめんコーナーの周辺は人だかりができていた。

「では開始するのだー」


十分後。

「ううう……こんなはじゅじゃぁぁぁ！　こんなはずじゃぁぁぁ」

流しそうめんコーナーに、和也の慟哭が響き渡っていた。

二人の勝負はタルプの圧倒的な勝利に終わり、タルプは山盛りのそうめんを平らげていた。

対して和也の食べたそうめんの量は少なくはないものの、タルプの食べた量にはまったく届いていない。

タルプは喜んだのも束の間――

「あ、あの、その、申し訳ありま――ひっ！　スラちゃん1号様！　ちょっとお待ちを。その触手の先にあるのは溶解液では？　そんな物騒な触手は引っ込めてもらって――ひぃぃぃぃ」

怯えるタルプにスラちゃん1号は凄みを利かせ、「和也様相手に何を本気で勝ちにいっているのですか？　ですが……貴方がそこまで箸を使いこなすとわからなかった、私の落ち度でもありますね。せめてもの慈悲です。苦痛は一瞬ですから、安心してください」と触手を動かす。そしてスラちゃん1号はゆっくりとタルプに近づいていく。

タルプは腰が抜けたように尻もちをついてしまい、その態勢のまま後ずさりをしようとするが、力が入らない。死神――スラちゃん1号がタルプを責め立て、タルプの意識がそうめんのように真っ白になろうとした瞬間――

救いの神――和也が声をかけた。

「スラちゃん1号。俺の負けだよー。でも楽しかったー。タルプはすごいね。生まれて初めて箸を使ったんだよね？　もう『豆取り箸つかみ名人』の称号は、タルプにプレゼントするよ。俺の代わりに、ディフェンディングチャンピオンとして活躍してくれー。次は挑戦者として頑張るぞー」

和也の言葉に、スラちゃん1号の殺気は一瞬で霧散し、慈愛に満ちた触手で英雄タルプの誕生を称えるのだった。

「うー。うー。もうダメ。これ以上は入らない……」

タルプがお腹ポンポン状態で吐きそうになるのを必死で我慢しながら、身体を横たえてうめいていた。

和也に勝利した彼のもとに、次々と挑戦者が現れた。

途中までは気分良く挑戦を受けていたタルプだったが、挑戦者が二十人を超える頃には食べすぎで青い顔になっていた。

そして、さらに十人を超える頃には当初の勢いは消え、修行僧が苦行をしているのと同じ顔になり、やがて虚ろな目で流しそうめんを食べ続けていた。

最後の挑戦者を負かした時には、拷問から解放されたような表情で、幸せな笑みを浮かべながら倒れた。

「い、いや。もう食べられません。うぅぇっぷ。本当に勘弁してください。お願いします、スラちゃん1号様……和也様に勝利したことは謝ります。本当に申し訳ございません。その優勝賞品は別の者に、別の者にお願いします。いやぁぁぁぁ。無理やり突っ込まないでくださいー。吐きます！　吐きますから」

タルプに勝者となった証としてもたらされたのは、山盛りの肉であった。

満面の笑みを浮かべているように見えつつも、目はまったく笑っていない感じのスラちゃん1号がタルプに迫る。

「謝罪は必要ありませんよ。これは大健闘した貴方への優勝商品なのです。ですから気にせず食べてください。さあ早く。飲み物が必要ですか？　ピッチャーで用意しますよ」と山盛りの肉を口に突っ込もうとするスラちゃん1号。

タルプは半泣きになりつつも、スラちゃん1号には逆らえずにいた。悲愴な覚悟を決めて食べようとしたタルプだったが——

またしても救いの声がかかった。

「スラちゃん1号。無理やりに食べさせたら駄目だよー。タルプのお腹がはち切れんばかりになってるよ。それと、そのお肉ってちびスラちゃんが焼いてたやつだよね？　タルプの代わりに俺が食べるー」

和也は、スラちゃん1号が持っていた山盛りの肉を皿ごと取ると、そのまま勢いよく食べだした。「美味しい美味しい」と連呼しながら食べる和也。

スラちゃん1号は苦笑しながら、タルプに「和也様に感謝しなさい」と言い、そっと胃薬を手渡すのだった。

「よし！　存分に中継点を満喫したから出発しよう－」

　翌朝、和也が勢いよく宣言する。その言葉を聞いた一同はテキパキと準備を進め、綺麗に隊列を組んだ。

「おおー。みんなの動きがすごい。訓練でもしてるの？」

　スラちゃん１号が「そうですね。和也様の要望に応えられるよう、日々訓練をしていますよ。後で褒めてあげてくださいね。それでは出発しましょう。どうぞこちらへ」と上下に弾み、和也の手を取って人力車へと誘導する。

「マウントの村に到着したら、グルーミング祭りだー」

　和也がそう叫ぶと、犬獣人をはじめみんなが喜びの声を上げた。

「きゃうぅぅ！」

「にゃぁぁぁ」

「わんわん！」

「おぉぉ！　祭りだと。マウント様の砦――いや、村に着くまで周りの警戒は任せてください」

こうして一同は、一糸乱れることなく行進を始めた。

マウントの拠点に向かってゆっくり進みだしたが、先行している偵察隊が優秀なため、野生動物に襲われることなく進むことができた。

それからしばらくして、マウントの拠点まであと二時間となった頃――

「うわぁ！　びっくりした。どうかしたの？」

気持ちよく揺れる人力車で和也が居眠りをしている中、突如として事件が起きた。

突然停車した人力車から顔を出した和也に、タルプが近づいて報告する。

偵察に出ていた配下が、少し離れた場所で戦いの音を聞いたとのこと。そこは蜂蜜を採りに行く予定の場所であり、周囲が火に包まれて森林火災が発生していることを告げてきた。

和也が動揺して声を上げる。

「ええ！　森が燃えてるの！　蜂蜜は無事!?　いや、それよりも戦いの音って！　どうしよう、スラちゃん、スラちゃん1号」

スラちゃん1号は和也の顔を見てから、すぐさまみんなに指示を送る。

「タルプ部隊は戦闘音がする場所の情報収集を早急に始めなさい。少しでも情報を増やすのです。ちびスラちゃんの中で水属性が使える子は、フェンリルモドキの背に乗って消火活動を。イーちゃん達犬獣人は和也様の護衛を継続。ネーちゃん達猫獣人は荷物を見張りなさい。他の者はこの場で待機」と触手を動かして矢継ぎ早に指令を出した。

指示を受けた一同が動きだす中、和也がそわそわとしだす。

自分も何かをしたいと佩刀している剣を抜いたり、背負っていた弓の調子を確認したりしていたが――誰も反応してくれない。

仕方がないので、自分からスラちゃん１号に近づいて声をかける。

「ねえ。スラちゃん１号。俺も何かしたい」

鼻息荒く剣を振り回している和也を見て、スラちゃん１号が何かを考える表情をする。そして、体内から指揮棒のような物を取りだすと、和也に渡した。

「何これ？　え？　これで命令したらいいの？　なるほど。うんうん。わかった！　皆の者！　これから森林火災の鎮火と戦闘音の調査を行う！　戦闘が継続されていた場合は各々で判断し対処せよ。決して怪我をするでないぞ。よいかー。皆の者突撃ー！　うぉおお」

なぜか演説（？）を始めた和也に気づいた一同が、動きを止めて聞き入った。

そして最後まで言い切った和也が指揮棒を振り下ろすと、みんなは鬨の声を上げて勢いよく走りだすのだった。

13. そして始まる戦闘

和也達が向かっている森では、木々から火や煙が出ていた。

逃げ惑っているのは、人間の子供くらいの大きさの蜂達。それを追いかけているのは、リザードマンのような魔物だった。捕まった蜂達は縛られたうえに、麻袋に詰められ荷馬車に放り込まれている。

スラちゃん1号がさらに「水属性を持ったちびスラちゃん達は周囲への延焼を防いで！和也様はこちらで状況の確認をしてください」と動きだけで指示を送る。

そうして安全を確保した状態で、スラちゃん1号が和也を状況が見える場所まで誘導した。和也は様子を見るために木の陰から顔を出して尋ねる。

「どういった状況？」

一気呵成に突撃してきたまでは良かったが、現地は想像以上の混乱状態だった。

炎によって行きたい道は塞がれており、それはなんとか消火しながら進めたものの、蜂達は次々と荷馬車に放り込まれている。

和也はスラちゃん1号に尋ねる。

「ねえ、どうして蜂さん達は荷馬車に詰め込まれていると思う？」

「そうですね。襲っている者達の食料か、蜂蜜を採るためでしょうか」とスラちゃん1号は触手を動かして伝える。

和也とスラちゃん1号が覗き見を続けていると、目の前の状況に変化があった。

一匹の大きな蜂を、リザードマン十体が棒と網を持って取り囲みだしたのだ。リザードマン達は今にも襲いかかろうとしている。

「助けてあげて！　スラちゃん1号！」

和也の声にスラちゃん1号が反応する。リザードマン達を取り囲むように配置させていた一同に、スラちゃん1号が号令をかけた。

和也の声に気づいたリザードマン達が迎撃態勢に入ろうとしたが、それより早く雷属性を持っているちびスラちゃん達が木の上から飛びかかる。

スタンガンの要領で、リザードマン達は気絶させられていった。

イーちゃんをはじめとする犬獣人達は、三匹でリザードマン一体を囲むように攻撃し、マウントの部下達は単騎で次々とリザードマンを拘束していく。

ものの数分で、五十体近くいたリザードマンはすべて紐で縛られた。

スラちゃん1号はみんなに向かって、動きだけで「女王蜂と話をしましょう。和也様は私の後ろにいてくださいね」と伝える。

スラちゃん1号は、和也を伴って女王蜂のもとに向かう。先ほどリザードマンに囲まれていた一際（ひときわ）大きな個体である。

スラちゃん1号の背後から、和也がこわごわと顔だけ出す。スラちゃん1号は女王蜂を刺激しないようにゆっくりと近づいていった。

和也が心配を口にする。

「ねえ。ものすごく羽を動かして威嚇（いかく）してるけど大丈夫？　怯えてるなら優しくしないと。だって仲間が拘束されて、自らも捕らわれようとしていたからね」

通りすがりの者が見れば、威嚇している女王蜂に襲いかかろうとしているようにしか思えないだろう。

しかし和也は至って真剣であり、本気で女王蜂を心配していた。そんな気持ちが伝わったのか、女王蜂の威嚇はなくなり、解放された蜂達が女王のもとに集まりだした。

和也は蜂達に語りかける。

「どう？　落ち着いた？　初めまして。無の森を拠点に活動している和也だよ。女王蜂さんはどうして襲われてたの？」

和也の質問がわからないのか、ホバリングを続けて首を傾げる女王蜂。

スラちゃん1号が通訳代わりに触手を動かすと、それで女王蜂に伝わったようで、彼女は周りの部下蜂に確認する。

　前後左右に身体を動かし、スラちゃん1号は「どうやら夜襲（やしゅう）を受けたそうで、防戦一方で気づいたら味方はすべて捕らえられ、自分も危（あや）うく捕獲されるところだったとのことです。女王蜂も詳しい事情はわからないそうですよ」と伝えてきた。

「そうなの？　だったらリザードマン達に聞いた方がわかるのかな？　彼らは今どこにいるの？」

　和也の問いかけにスラちゃん1号は、リザードマン達が用意していた荷馬車に、拘束した状態で詰め込んだと答えるのだった。

「ねえねえ。なんで蜂さんを襲ったの？　それと森を燃やすのはダメだよー」

「キシャー！」

「シャー」

　荷馬車までやって来た和也が問いかけたが、リザードマン達は喋れないのか、威嚇の声を上げるだけだった。

　困った顔をしつつ質問を重（かさ）ねようとする和也に、縛られていた一体のリザードマンが縄を引き千切（ちぎ）って襲いかかる。

「シャー！」

「うわっ！」

驚いた和也が尻もちをつくのを見て、リザードマンがさらに距離を詰める。

あと数メートルの距離まで近づいたところで……スラちゃん1号が和也とリザードマンの間に入り、溶解液を噴(ふ)き出す。

「ギャアァァァァ」

溶解液が目に入ったリザードマンが激痛にのたうち回る。

そんなリザードマンの上にスラちゃん1号が乗ると、触手を鋭利(えいり)な刃物状に変形させ喉元に突きつけた。

そして、「和也様への狼藉(ろうぜき)で命を狩り取ってもいいのですが、情報収集をしたいので殺しはしません。私をこれ以上怒らせたくなければ、すべて話しなさい」と伝えて威圧する。

「きしゃぁぁぁぁ……」

それまで暴れていたリザードマンだったが、スラちゃん1号の殺気を受けて完全に怯えた。

リザードマンは動きを止めて弱々しく鳴き、自分の知っている情報を話しだすのだった。

「きしゃぁぁ、しゃー」

リザードマンが必死の形相で事情を説明している。

彼によると、どうやら無の森を調査しようとやって来たが、強力な魔物に襲われたらしい。なんとか逃げだしたまでは良かったが、食料を投げ捨てて逃げたために携行食しかなく、それも尽きた状態で森を彷徨っていると、偶然にも蜂を見つけたとのことだった。

「食べる気だったの？　蜂蜜が採れなくなるよ!?」

和也の言葉が理解できないためにキョトンとしていたリザードマンだったが、スラちゃん1号に通訳をしてもらうと激しく否定してきた。

「キシャァァォ！　キシャー！」

「え？　何？　お、怒ってるの？」

蜂そのものを食べようとしたわけではないと激しく手を上下に動かして熱弁するリザードマンに、和也はビックリしてしまう。

リザードマンとしては和也に悪印象を持たれると、この先の運命が決まるので必死だったのだが、逆効果となってしまった。

「貴方、和也様を驚かせましたね？」と、触手をビタンビタンと地面に叩きつけながらリザードマンに近づくスラちゃん1号。

「き、きしゃー……」

スラちゃん1号のあまりの威圧に、リザードマンは口から泡を吹いて白目を剥いて倒れてしまった。

スラちゃん1号はリザードマンの身体に乗ると、その上で何度も跳ねて正気に戻らせようとする。主にお腹を中心に飛び跳ねているスラちゃん1号を、和也が慌てて押さえる。

「や、やめてさしあげて！　リザードマンのライフはゼロに近いよ！　口から出ちゃダメなのが出そうになってるよ！」

和也がスラちゃん1号を抱き上げると、万能グルーミングで手袋と霧吹きを作りだして、急いでグルーミングしだした。つやつやにされ、落ち着いてきたスラちゃん1号は大きくため息をつくような動きをすると、和也に謝罪する。

スラちゃん1号は動きだけで「申し訳ありません。和也様への狼藉に我を忘れてしまいました。もう大丈夫ですよ」と和也に伝えると、今度はリザードマンに向かって「ほら、起きなさい。これ以上は暴力を振るいませんから大人しく話しなさい」と触手をぶつけた。

そこへ、和也が名案とばかりに手を打ちながら言う。

「そうだ！　リザードマン達はお腹が減っているみたいだし、マウントさんのところでご飯を食べさせてあげようよ。今もお肉だったら少しはあるよね？　スラちゃん1号、お願いしていいかな？」

スラちゃん1号は頷き、ちびスラちゃん達や犬獣人達に準備をするように伝えた。

あっという間に食事の準備は整った。みんなでリザードマン達の縄を解くと、食事が用意されている場所へ案内する。

「キシャ？」

「ギャギャギャ？」

リザードマン達はおっかなびっくりスラちゃん1号の後をついてきていたが、漂ってくる匂いに鼻をヒクヒクと動かすと同時にヨダレを垂らしだす。

そして料理を見た瞬間に大歓声を上げた。

「キシャー！」

「ギャギャ」

「シャー！」

和也は大喜びをしているリザードマン達を見て、満面の笑みを浮かべた。そうして自分の近くにいたリザードマンにかたまり肉を渡す。

「き、きしゃ？」

「気にしないで食べて良いんだよ。空腹が落ち着いたら移動を開始しようね。全員のお腹を満たせるほどのお肉は用意できてないけど」

和也から肉を受け取ったリザードマンは、許可を乞うように、恐る恐るスラちゃん1号を眺める。スラちゃん1号が鷹揚に頷いたのを確認すると、リザードマンは涙を流しながら肉にかぶりついた。一体が食べだしたのを皮切りに、他のリザードマン達も奪い合うように肉を食べ始める。

「マウントさんの村に着いたらもっとあるからねー。安心して食べてくれていいよー。そうだ、蜂さん達は何を食べるのかな？　果物とか食べられる？」

和也がスラちゃん1号から受け取った果物を女王蜂に近づけると、彼女は前足を使って器用に受け取り咀嚼し始めた。

女王蜂の表情はよくわからないが、喜んでいる雰囲気は伝わってきた。

和也は他の蜂達にも果物を手渡していく。和也の視線は果物を渡している間も蜂達の身体を凝視しており、いかにグルーミングをするか考えていた。

「お腹は膨れた？　飲み物もあるからねー。蜂さん達は果実ジュースも気に入ったんだね。いいよー。全部飲んじゃっても。拠点に戻ったらまだあるからねー」

リザードマン達は焼かれた肉を食べ尽くし、蜂達も出された果実と果実ジュースを飲み干していた。彼らは皆少し物足りない顔をしていたが、それでもギスギスした感じはなくなっていた。

「うんうん。腹八分目って感じだね。じゃあ少し休憩したら出発しようか。スラちゃん1号に準備は任せていいかな？」

スラちゃん1号は「もちろんです。ただ、人数が増えましたので少しお時間をくださいね」と動きで伝えると、リザードマン達と蜂達に向かい「そこのリザードマンリーダーと女王蜂はついてきなさい。これからマウントの拠点に向かう際の隊列を説明します。和也様の従者として恥ずかしくないようにしてもらわないと」と触手を動かして説明するのだった。

14．マウントの拠点に向かう和也達

マウントの村は騒然としていた。何者かが、それも大群がやって来ているのだ。

マウントの副官であるゲパートが、遠くに見えるそれに眉根を寄せる。

「おい。ちょっと遠見の櫓から確認してくれ！　気のせいか、あの人影はリザードマンに見える。こんな場所にリザードマンがいるとは思えないが……そろそろ和也様が到着する予定だというのに」

「はっ！　了解しました。マウント様への報告はいかがいたしましょうか？」

「当然、呼んできてくれ。緊急事態だと伝えてくれよ。普通に呼んだら『面倒くさい』と言って来ないからな」

ゲパートが武器を点検しながら呟く。

「毎日点検はしているが、戦闘となると話は別だ。和也様に下賜された武具と名誉に恥じない働きをしなければならん。それにしてもなぜ、無の森にリザードマンが……」

リザードマンらしき者達は律された動きで、確実に近づいてきていた。

ゲパートは、その軍隊といっても過言ではない動きを見て、気を引き締める。そんな緊迫した状況の中、遠見の櫓に登った部下から報告があった。

「ゲパート様！　魔物はリザードマンで間違いなし！　数は五十ほど。五体を一列としてこちらに向かっております。その背後には謎の飛行物体が多数！　数えきれません。さらにその背後より人力車が続いており……あれ、ひょっとして？　間違いない！　ゲパート様、人力車に乗っているのは和也様です！」

「な、なんだと⁉　和也様だと！」

ゲパートはそう叫んで、狼狽してしまった。

それからすぐマウントがやって来た。リザードマンの軍団は、もはや戦端が開かれてもおかしくない距離にまで近づいてきている。

マウントが怒鳴りつけるように言う。

「おい、どうなっている？　リザードマンの群れが無の森にいるなんて報告はなかったぞ。それと、あの隊列はかなり訓練された動きだ。ひとかどの将軍クラスの奴がいる可能性が高い。なぜ先制攻撃をしねえ？　先に攻撃をしてアドバンテージを取れといつも言っているだろう！」

「マウント様！　ちょうど良かった。後はお任せします。あの部隊を率いているのは和也様です」

「は？」

完全装備でやって来たマウントを見て、ゲパートが安堵のため息をつく。そしてマウントに状況を説明すると、そのままその場を譲った。

マウントの顔は引きつっていた。

「なんでリザードマンを率いているんだ？　和也殿が竜族と手を組んだとの情報は聞いてねえぞ……」

マウントの目の前にはリザードマン達がいる。

笑顔を保ちつつ敵意がないことを示すように両手を上げたマウントは、リザードマン達の部隊に近づいて問いかける。

「ここは無の森の盟主である和也殿の領地だ。なぜリザードマンが無の森の最深部(さいしんぶ)にいる？　ていうか、後ろの人力車は和也殿だよな？」

「キシャー！」

「シャー」

「シャー！」

リザードマンリーダーが咆哮すると、リザードマン達が一斉に左右に展開して道を作った。そしてその肩に蜂達が止まった。周囲に展開するようにホバリングしている蜂達もいる。異様な空気が流れる中、マウントは思わず息を呑む。

すると、その場に似つかわしくない能天気な声が聞こえてきた。

「マウントー。この子達にご馳走をしたいから場所貸してくれるかなー。できれば食料も分けてほしいんだ。お願いだよー」

――和也である。

マウントは肩の力を抜き、気の抜けたような声で尋ねる。

「あ、あの和也殿。できればイチから説明してもらっていいでしょうか？　ちょっと事情がわからないんだが、今の説明だと全体の八合目辺りから始められてますな」

そこへトーリが飛んでくる。

「るるるるー！」

「おお。トーリじゃん！　久しぶりー。ほら、トーリも『早く準備するのじゃ！』ってマウントに言ってあげて」

トーリがマウントをつつく。

「え？　痛たたたた！　ちょっ！　おい！　つつくなよ。いや、つつかないでくださいトーリ！　わかったから」

「説明はこの子達にご飯をあげてからでもいいかな？」

和也が申し訳なさそうにしていると、その背後から猛烈な圧力がマウントを襲う。和也からは見えないが、スラちゃん1号が無表情で触手を動かしながらゆっくりと近づいてきているのだ。

背中には滝のような冷や汗を流しながらも表面上は笑みを浮かべたマウントは、大仰に頷き、和也の要望に応えるために矢継ぎ早に指示を出す。

「……！　も、もちろんでさぁ！　おい。早く食料の準備しろ。場所はいつもの広場でいい。一刻を争う事態だ」

「ありがとうー。さすがはマウントさん。行動が早くて助かるよ。俺が持ってきた食料じゃ足りなかったんだよー」

「るるるるー」

感謝する和也に同調するように、何度も首を縦に振って頷くトーリ。

マウントは改めて目の前にいるリザードマン達に視線を向ける。和也に大人しく従っているが、現在魔族と争っている一族である。戦闘態勢でなくとも、竜族の中でも彼らリザードマンが力を持つ集団であることはよくわかった。

マウントは呆れるように言う。

「そうでしょうな。屈強なリザードマン達ですから。どこからどう見ても普通種のリザードマンではなく、職業持ちのハイクラスリザードマンですよ。こいつらを五十体も従えた和也殿はまさに王の中の王です」

「そうなの？　みんなすごかったんだねー」

「キシャー！」

「シャー！」

和也が首を傾げてリザードマン達に視線を向ける。彼らは喋ることはできないが、和也達の会話はわかるようで、誇らしそうに胸を張りながら当然とばかりに頷いた。

そんなリザードマン達だったが、スラちゃん1号の触手が地面を軽く打ちつけると、顔を引き締めて直立不動に戻ってしまう。

スラちゃん1号が「状況は私が説明しますので、まずはリザードマン達には肉を。蜂達には果物を用意してください。和也様は旅の疲れを癒やすためにも、お風呂に行きましょうね」と触手を動かした。

「わかりました。すぐに風呂の用意をさせましょう。おい、和也殿の人力車を砦――村の中に入れて、他の随員達も少し休憩してもらえ。ただ、護衛として付いていた奴らからは事情を聞いておけよ。それはゲパートに任せた」

「はっ！　おい、和也様が拠点を出てからの状況をあちらで聞こう」

相変わらずのスラちゃん1号の態度に、マウントは苦笑するのだった。

15. 旅の疲れを癒やすなら

「くはー。やっぱり旅の疲れを癒やすのはお風呂だよねー。そう思わない？　マウントさん」

「はっはっは。その通りですな。やっぱり風呂に入るのはいいですな。和也殿にすれば当たり前の習慣みたいですが、かなりの贅沢なんですぞ。普通の者は行水するか、たらいに少量のお湯を入れてタオルで拭うくらいです。それだけでもリフレッシュされますからな」

「へー。そんなものなの？　俺の国では毎日入るのが当たり前だったからなー」

浴槽に浸かった和也が至福の吐息を漏らしていると、身体を洗いながらマウントが豪快に笑った。

マウントは、グラモから以前に聞いていた、和也が「異世界の勇者」である可能性を確認するため、さりげなく情報を集める。

「ちなみに和也殿の国とはどんなだったのですかな？　前にも聞いたかもしれませんが、物覚えが悪くて。もう一度、無の森に来る前のことを教えてもらえませんか？」

「ん？　いいよー。俺が住んでいたのはセイデリアとは違う国でさー。サラリーマンとして働いていたんだけど、仕事とかキツくて、唯一の癒やしといっていいのがペットショップ巡りでさー。本当なら、犬や猫のカフェに行ければ良いんだろうけど、給料も多くなくてさ。そうそう他にも――」

「は、はあ」

軽い感じで確認したマウントだったが、和也の口からは訳のわからない単語ばかり出てきた。仮に単語の意味を知っても、役に立ちそうな情報はなさそうだったが……

マウントはもう少し掘り下げたいと思ったが、身体を洗い終わったのを一区切りとして湯船に浸かることにした。

「ふはー。やっぱり湯船に入った瞬間の解放感はたまりませんな」

二メートルを超える巨体のマウントが、勢いよく湯船に入る。

決して小さい浴槽ではなかったのだが、マウントの巨体には耐えられなかったようだ。

和也を巻き込んで、すごい勢いでお湯が湯船から溢れ出してしまう。

「うわぁぁぁっぷ。ちょっとマウントさん勢いよく入りすぎー」

「はっはっは。風呂の贅沢といえば、この溢れ出すお湯ですな。水を汲むのにも、お湯にするのにも莫大な費用がかかります。和也殿が毎日風呂に入れるのは、創造神エイネ様の御使い殿だからでしょうか？」

　マウントとしてはかなり踏み込んだ質問をしてみたつもりだったが、和也には響かなかったようだ。和也は軽く答えを返す。

「エイネ様の御使いって何？　俺はそんな人じゃないよ。確かにエイネ様には会ったけど、セイデリアに行って、モフモフやつやつやをしてきてほしいと言われただけだからさ。あ！　でも……」

「でも？　でも、なんでしょうかな？」

　和也の言葉に被せるようにマウントが身を乗りだして聞くと、和也は満面の笑みを浮かべた。

「でも、エイネ様もモフモフやつやつやが好きなんだよ！　俺とエイネ様は『モフモフつやつや大好き同好会』の仲間なんだよ！　つまりは同志ってやつだね」

「……」

　マウントは心底がっかりしたというように、顎を外れんばかりに開け、そのまま浴槽に突っ伏してしまった。

「うわっぷ！　なんだよー。聞かれたことを答えただけなのにー」

「い、いや。すみません。もっと重要なことが聞けると思ったんですが、ちょっと俺の知らない言葉が多くて理解できなかったもので」

「そうなの？　だったら途中でもいいから、聞いてくれたらいいのにー」

「はっはっは。次からはそうさせてもらいますよ。ですが、随分と湯船に浸かったので、もう茹で上がりそうです。そろそろ出ませんか？」

それもそうだね、と和也は頷くと、スラちゃん1号を呼んで更衣室へ向かった。

マウントは和也の後ろ姿を見送ると、額に手を当ててため息をつきつつ、その眼光を鋭く光らせた。

「……創造神エイネ様と同志だと？　つまり和也殿は神格を持っているってことか。今代の勇者なんて生ぬるい存在じゃねえな。これは早急にマリエール様とフェイに伝えないと。アマンダかルクアに頼むか？」

マウントはこの情報をどうやって穏便に伝えようか、しばし頭を悩ませるのだった。

「嫌ですわ！　お母様が戻ればいいじゃないですか。フェイ様とも親友なのですから」

「なんでよ。それは今は関係ないでしょう。むしろ私が帰ったら、フェイに『貴女だけずるい。結婚して子供までいるのに、スラちゃん1号殿の分体をもらうなんて』とか面倒くさいことを言われるに決まってるじゃない！」

母と娘、どちらが魔王城に戻って報告するか。そのことで、無の森の拠点で和也の帰りを待っていたアマンダとルクアは言い争っていた。

アマンダはフェイと幼馴染であるため、事あるごとにフェイから既婚者は羨ましいと愚痴られていた。それにプラスして今回アマンダは、ちびスラちゃんωを配下として和也に下賜されており、何を言われるかわかったものではなかった。

アマンダは声を大にして言う。

「と・に・か・く！　魔王様への報告はルクアが行きなさい。これは領主としての命令です。護衛としてセンカを付けることを、四天王のマウント様より許可してもらっております」

「ずるい！　こんな時だけ領主と四天王の権力を使ってくるなんて！　私も和也様のお側にいたいのに。だって私、まだ二回目のグルーミングをしてもらってませんわ！」

激しく抵抗していたルクアだったが、最終的には、権力を振りかざされた命令には逆らえなかった。

こうしてルクアは拠点に戻ってくる和也に会うことなく、歯ぎしりの音を立てつつ魔王城へと旅立った。そして護衛のセンカも、和也を出迎えてすぐに魔王城へと向かうように命じられ、号泣しながらルクアの護衛任務を果たすのだった。

16. 宴会から始まるグルーミング

「宴会はやっぱり大人数でするのが良いよねー。そして今回は俺も一緒に肉を回すー」

和也はテンション高くそう言うと、恒例となっている肉の塊を、ちびスラちゃんと一緒に回しながら会場を見渡した。

和也の近くには、スラちゃん1号とちびスラちゃん以外はおらず、他の者は大量に用意された食事に夢中になっている。

「みんなお腹が減ってたんだねー。マウントさんのところに食料が大量にあって本当に良かったよ」

魔族達とリザードマン達が張り合うように食料を平らげている。どちらも、あいつらに負けてなるものかと言わんばかりの気合いの入りようだ。ただ、和也の目には両者が仲良く食事をしているようにしか見えていなかった。

スラちゃん1号が触手を振って「和也様。お肉が焼けましたよ。どうされますか？　和也様の手で取り分けますか？」と伝えてくる。

すると、それを目にした魔族達は猛烈な勢いで動かしていた手を止め、一斉に和也の方を見る。

「そうだねー。並んだ子から順番にあげても……うわぁ！　早いねー」

和也がそう言うやいなや、一瞬で彼の前に行列ができてしまった。

「当然です！」

「和也様が手ずから焼かれた肉を下賜されるのですよ」

「当然ながら一番を狙います！」

「当然だ！」

「きゃうきゃう！」

「にゃにゃにゃ」

リザードマン達との勝負を放棄してやってきた魔族達、さらには犬獣人達と猫獣人達が、和也の前に並んで嬉しそうにしている。しかし和也は、お肉を手渡しされるのを楽しみにしている彼らをよそに、スラちゃん1号に声をかける。

「じゃあ、スラちゃん1号、並んでいる人達にお肉を渡していってー。俺はリザードマンと蜂達を万能グルーミングでつやつやにしてくるから！」

「え？」

「へ？」

「な！　なんですと!?」

「ちょっ！」

「そんな！」

「きゃう⁉」

「にゃー！」

みんなの悲鳴に気づいていない和也は、並んでいる者達に手を振りながら去っていく。

そうして和也は、困惑したまま固まっているリザードマン達のもとにやって来た。

「やっほー。美味しく食べてる？」

和也の言葉は理解できなかったが、命の恩人である人物がやって来たことで、リザードマン達は直立不動の体勢になって出迎えた。

そんな動きに、和也は思わず笑いそうになる。

「そんな堅苦（かたくる）しくなくていいよー。お腹がいっぱいになったのなら、グルーミングさせてほしいなーと思って。まあ、許可取る前にやっちゃうけどね。いでよ！　万能グルーミング！」

和也は万能グルーミングで、デッキブラシと歯ブラシを作りだした。そして両手でポーズを取りながら叫ぶ。

「ふははー。これからは俺のターンだぞー！」

和也は、リザードマン達が直立不動のまま困惑していることを気にせず、その身体にデッキブラシを走らせていく。

「キシャー？　キシャシャー！　キシャ、キシャ、キシャシャ！」

最初に選ばれたリザードマンは、リーダー格の個体だった。

周囲にいたリザードマン達はリーダーの突然の変貌に騒然となる。リーダーの顔は、普段の威厳に溢れたものではなく、だらしなく緩みきった感じになっていた。

しばらくリーダーの悲鳴とも嬌声ともつかない声を聞いていた一同だったが、デッキブラシに続いて歯ブラシを使って口の中まで磨かれている様子を見て、ひそひそと話しだした。

リザードマン語を理解できる者がいれば——

「大丈夫か、うちの隊長は？」

「いくら命の恩人とはいえ、リザードマンの名誉であり最強の武器である口の中を、無防備に晒すなんて」

「リザードマンとしての誇りはどこにやった！」

「飯美味いー」

などと聞こえてきただろう。

そんなことが話されているとも知らない和也は呑気に呟く。

「ん？　ああ、了解だよ。一人だけグルーミングするのは公平じゃないもんねー。じゃあ、これで仕上げだよっと！」

歯磨きを終えた和也は、艶出しクリームで磨き上げたリザードマンリーダーの身体から手を離す。

するとリザードマンリーダーは至福の表情を浮かべながら、気絶するように崩れ落ちた。そして、彼は満足げなオーラをまとい、寝息を立て始めるのだった。

焼いた肉を配り終えたスラちゃん１号が上下に弾みながらやって来て「ふふっ。存分に楽しまれたようですね。リザードマン達は喜んでいましたか？」と尋ねてくる。

「うん！　存分に楽しめたねー。マウントさん達のゴワゴワと違って、リザードマンさん達は硬い中にも弾力があってさー。ブラシでグワッて感じで磨こうとすると、ほど良い感じで押し返すんだよ。今までと違った感触で最高なんだ。そうだ。スラちゃん１号もありがとー。並んでいた子達にお肉配り終えてくれた？」

和也の頬はつやつやに輝いており、額の汗も輝いて見えていた。そんな汗をスラちゃん１号は軽く拭うと、和也に果実水を手渡す。

「ありがとう！　くはー。ひと仕事終えて一気飲みする果実水は格別ですねー。良い仕事をやり終えた感じがビンビンにするよ！　美味い！　もう一杯！」

和也が美味しそうに一気に飲み干し、お代わりをスラちゃん１号に要求する。

スラちゃん１号は「もちろんありますよ。今度は少し濃いめの味にしてますから、ゆっくりと味わってくださいね」と触手を動かしながら、さっきとは違う果実水を渡す。

先ほどのはスポーツドリンク風の飲みやすい果実水だったが、次のは味がしっかりしている物だった。


結局、和也は果実水を三回お代わりし、スラちゃん1号が用意した軽食まで楽しんだ。

ちなみに今、和也は王侯貴族達ですら持っていないような玉座に座り、食事中もスラちゃん1号によるマッサージを受けている。

「よーし！　スラちゃん1号の気遣いで疲れもリフレッシュ！　これから第一弾の続きである他のリザードマンさん達に突撃しますー」

スラちゃん1号の手厚すぎる癒やしで完全復活した和也はそう言うと、万能グルーミングでデッキブラシと歯ブラシを作りだし、さらには保湿クリームも壺型で作りだして腰に装備する。

そしてキラリと光る目で、リザードマンリーダーの周りに集まっていた残りのリザードマン達を見る。

和也は、怯えるリザードマン達に向かって勢いよく近づいていった。

「さあ、お待ちかねのグルーミングタイムだよー。あれ、どうしたの？　さっき俺がグルーミングした子だよね。気持ちよさそうに寝てるけど、地面で寝てるのを心配してあげてるの？　みんな優しいね。スラちゃん1号。この子をベッドまで運んであげてくれるかな？」

周りにいたリザードマン達は「違う。そうじゃない」と言いたげに首を横に振っていたが、和也は遠慮していると勘違いし「問題ない！」とアピールする。

スラちゃん1号は近くにいたちびスラちゃんに、リザードマンリーダーを運ぶように伝えた。

和也は気合いも新たに告げる。

「よーし。これで後顧の憂いもなくなったからグルーミング祭り開始だぜ！　まずは君からだ。大丈夫だよ。怖くないよー。最初だけだよ、ビックリするのはー」

「キ、キシャー……」

「キシャシャシャ」

「キシャ」

和也がグイグイと近づくのと同じ勢いで後ずさっていくリザードマン達。彼らは壁際まで追い詰められると――

「お前が先に行けよ」

「いやお前だろ」

お互いに押し付け合った。

そうこうしているうちに一体が捕まり、諦めたように和也のブラシに身を委ねることになった。彼もまた、リザードマンリーダーと同じ道をたどっていくのだった。

結局、すべてのリザードマンが和也の手に落ちた。

「キシャー！」

「キシャシャ！」

「シャー！」

「うんうん。もっとしてほしいんだよね。わかるよ！　俺にグルーミングされたら、誰もが次もしてほしいって言ってくれるんだから。でもごめんね。次は蜂さん達にしないとダメだから、今度ね」

和也がそう言っても「もっとしてください」とすり寄ってくるリザードマン達。和也は、申し訳なさそうな顔をして断りつつも、嬉しそうにしている。

リザードマン達は、最初の数体こそ微妙に抵抗したが、結局は全員グルーミングの虜になってしまい、至福の顔で気絶したのだった。

グルーミングされた後は、硬かった鱗が滑らかになっており、また磨かれた歯は白い輝きを放っている。

最後の者のグルーミングを終える頃には、数時間が経過していた。

「ひゅー。それにしても一体十分くらいかな？　五十体にグルーミングしたから、もう夕食の時間になってるじゃん。スラちゃん1号。ずっと付き添ってくれてありがとう。ご飯を食べに行こうか。その後は蜂さんだからねー。気合いを入れ直さないと！」

スラちゃん1号は「そうですね。ちびスラちゃん、そこで転がっているリザードマン達をベッドに運ぶように！」と触手を動かしてちびスラちゃんに指示すると、嬉しそうに和也の後についていった。

和也がグルーミング祭りを行っている頃。

マウント達は、リザードマン達が本来いるはずのない無の森にいた理由を話し合っていた。

マウントの顔は普段和也に見せている優しそうなものではなく、土の四天王であり、和也を護るために砦まで建築した、戦士としてのそれになっていた。

「それでは、報告を聞かせてもらおうか」

「はっ！　ただ、リザードマン達がなぜ無の森にいたのかについては、彼らは依然（いぜん）として沈黙を守っております。しかし我々の調査によりますと、巨大な馬の魔物に襲われ、命からがら逃げだしてきたことは判明しております。その際に食料を消失し、やむなく蜂を襲って、備蓄されていた果物や蜂蜜を奪おうとしたのは間違いないかと」

「あの戦闘力が高い、職業持ちのリザードマンを潰走させる魔物だと？　リザードマンリーダーをはじめとして五十体もいるんだぞ。その集団がたかが魔物一体相手に、逃げる選択肢しかなかったなんてありえるのか。なあ、ゲパートどう思う？」

マウントは独り言のように呟きながら問いかけると、ゲパートはしばらく考え込み、やがてゆっくりと告げた。

「そうですね。我らもリザードマンと戦ったことはありますが、個体なら討ち取れるでしょう。ですが五十体となると……なかなか難しいでしょうな。それをたった一体の馬が追い詰めたというのですから、信じがたいものがあります」

「確かにな。馬程度にリザードマンの群れが負けるなどありえまい。普通の馬だったならな。ゲパートには心当たりがあるか？　伝説の馬なら無の森にいても不思議じゃないぞ。本来ならありえないとの考えなら、そんな常識は捨てて考えろ。ここは無の森だ」

ゲパートに、マウントが考えを改めるように伝える。

ハッとしたゲパートは、隠密行動が得意な自らの部下とタルプの部下を呼ぶと、和也がリザードマン達と出会った場所を調べるように命じるのだった。

17．蜂さんへのグルーミング

「うーん。いい感じにリザードマンさん達はつやつやになったねー。嬉しそうな顔を皆がしてくれるから、俺もやる気を超出して頑張っちゃったよー」

リザードマン五十体へのグルーミングを完遂した満足感。そして、果実水に含まれていた疲労軽減効果。さらには、肉や野菜を大量に食べての体力回復。そして、スラちゃん１号によるマッサージ効果で気力回復。

それらを経て完全復活した和也は、蜂達が集まる果物ゾーンに向かっている。

他の魔物達が遠巻きに眺めている場所に、蜂達は集まっていた。

用意された果物を前足を器用に使って食べている蜂達だったが、集まった数に対して果物が用意できておらず、一匹当たりの量がかなり少ないようだった。

女王蜂のもとにはさすがに満足できる量が集まっていたが、末端の働き蜂には小さなリンゴのような果物が一つだけ配られている程度だ。

「どう？　みんな楽しんで――楽しめてないよね。うーん。スラちゃん１号なんとかならない？　リンゴ一個じゃ可哀想だよ」

和也が心配してそう言うと、スラちゃん1号は「ご安心ください。こんなこともあろうかと、ちびスラちゃん達を採取に出していますから。ほら、ちょうど、皆が戻ってきましたよ」と触手を動かして入り口を指さす。

和也が視線を向けると、ちびスラちゃん達が小さい身体を凹状にしたりして、数匹で協力してカゴを運んでいた。

和也は感激して声を上げる。

「むはー。なんて健気！　それにしても、一所懸命運んでいる姿がなんて可愛いのだろうか。これは、ちびスラちゃん達にグルーミングせざるをえない案件ですなー」

ぴょこぴょこと擬音が付きそうな、ちびスラちゃん達のあまりの可愛さを見て、和也は思わず万能グルーミングで長いタオルを作りだす。そして、果実を並べ終えて満足げにしているちびスラちゃん達へのもとに走っていき、タオルとクリームでグルーミングをしていった。

「お疲れ様ー。蜂さん達のために頑張ってくれてありがとうー。もう、これは全力グルーミングをしないとダメだと俺は思うんだよね。なので、てりゃぁぁ！」

タオルにくるまれたちびスラちゃんが、和也の掛け声と共に宙を舞う。

和也はグルーミングするのではなく、なぜか、ちびスラちゃんをタオルを使って投げ飛ばしたのだ。

空を飛ぶちびスラちゃんの勇姿を見ながら、和也は次の子もタオルでくるむと、同じように放り投げた。

「おお⁉」

「きゃう！」

「シャー」

一同が何事かと視線を向ける。

ちびスラちゃんは空中で回転しつつ、最後は体勢を整えて着地した。

見ていた者全員が思わず拍手をしてしまうほどの空中技を見せたちびスラちゃん。触手を上げ、みんなの歓声に応えている。

「やるねー。さすがはちびスラちゃん達だよ。見事な技だね。10点満点をプレゼントするよ！　ん？　あれ？　俺って何しにこっちに来たんだっけ……あー。蜂さん達にグルーミングをしに来たんだった！」

やっと本来の目的を思い出した和也は蜂達に謝りながら近づくと、万能グルーミングで大きな綿棒を作りだし、そして女王蜂に話しかける。

「今からみんなにグルーミングをしたいと思うんだけど良いかな？　安心してくれて大丈夫だよ。優しくするから！　リザードマン達に乱暴な扱いをされたから羽とか傷んでるもんね」

女王蜂は和也の言葉を理解しているのかわからない感じだった。しかし、女王蜂は手に持っていた果物を机の上に置くと、ホバリングを止めて和也にゆっくりと近づいてきたので、意図は伝わったらしい。

ＯＫしてくれたと判断した和也は、大きな綿棒と治療薬をイメージしたクリームを使ってグルーミングを始める。

「うんうん。良い感じなんだね。あれ？　女王蜂さんが何を考えているのかわかるようになってきた？」

創造神エイネによって与えられた万能グルーミングは、グルーミングをした魔物をつやつやにする能力だが、実はそれだけではない。意思疎通もできるようになるのだ。

しかし、あまり深く考え込まない和也は「わかるようになったからいいか」程度の感想だけ抱くと、そのままグルーミングを続けていった。

「ほう。クリームの効果を実感できると。え？　そうなの？　俺達が来た時は捕まってはいなかったけど、攻撃を受けていたんだ。でも大丈夫だよ！　さっき、リザードマンさん達にもグルーミングをしてきたから仲良くなれるよ。当然、後でごめんなさいはしてもらうけどね」

女王蜂は「そんなものでしょうか？」と首を傾げていたが、和也は嬉しそうな顔でリザードマンとも仲良くなれると無責任にも確約してあげた。

女王蜂はそんな和也の説明でも納得がいったらしい。それから女王蜂はその身を和也に委ねると、羽を小刻みに動かしつつ、グルーミングが気持ちいいと伝えた。

「クリームの効能も素晴らしいかもしれないけど、こっちの綿棒もいいよー。ほら、関節の隙間に入っている汚れも綺麗に取れるだろう？　こんな感じで汚れているんだよー。これは隅々まで綺麗にしないとダメだねー」

汚れを吸着していく大きな綿棒を見せながら、和也がグルーミングを続ける。

そしてすべてが終わった時には、女王蜂が気品に満ち溢れた立ち姿で光り輝きながらホバリングをしていた。汚れを取りきったことで関節などの可動域が広がったのか、女王蜂は気持ちよさそうに飛び回っている。

その姿は「今までの私とは次元が違うわ！　和也様ありがとうございます！」と、全身で歓喜を伝えているようだった。

18．リザードマンと蜂との和解

大きな綿棒を作りだして蜂達を綺麗にし、再び万能グルーミングで新しい綿棒を作りだす。和也はそんな作業を延々と続けていた。

蜂達はリザードマン達に比べるとサイズは小さく、グルーミングできる範囲が限られているので、一匹当たりのグルーミング時間は短かったが、その分個体数が多かった。

和也は大きく息を吐きつつ言う。

「ふへー。それにしても蜂さん達ってこんなに多くいたんだねー。百までは数えられたけど、それ以上はもうわからないや。ふふっ。ダメだよ。グルーミングは一人一回だよー。また今度してあげるからねー」

こっそりとグルーミングの列に並んでいた女王蜂に、和也が微笑みながら言う。

スラちゃん1号とリザードマン達から白い目で見られただけでなく、配下の蜂達からも呆れた表情を向けられた女王蜂は、気まずそうにペコペコと頭を下げた。そして逃げ去るように、ちびスラちゃん達が採ってきた果物が置かれている場所に向かう。

スラちゃん1号が「和也様。休憩を入れましょう。お疲れが出ては万全のグルーミングができませんよ」と勧めてくる。

和也は大きく頷くと、いったん休憩を取ることにした。スラちゃん1号から渡された果実水を口に運んで、その甘酸っぱさに舌鼓を打つ。

「むはー。本当に美味しいよねー。これってブドウジュースなのかな？　炭酸も入ってた方が美味しいかなー。え？　炭酸がなんだって？　あれ、説明してなかったっけ？　しゅわしゅわしてて、喉越しが爽快な飲み物だよ。美味しさを感じるまでは慣れが必要だけどんでいた。

ねー」

和也のざっくりとした説明を一所懸命に聞いていたスラちゃん1号は、しばらく考え込んでいた。

やがて炭酸ジュースにする方法が閃いたようで、触手から溶解液をブドウっぽい果物に噴きかけた。するとブドウから泡が立ち始める。コップに入れられたそのブドウは、あっという間に溶けていき、ジュースとなった。

スラちゃん1号が自慢げに「こんな感じでしょうか？　溶解液は無毒ですので安心してください」と触手を動かして伝えてくる。

和也はニコニコしながらブドウジュースを一気に飲み干した。

「くー！　これ！　この感じだよ。ありがとうスラちゃん1号。それと『無毒』とかわざわざ言う必要はないよ。スラちゃん1号が俺のために作ってくれた食べ物・飲み物で疑うことはないからね。いつも俺のことを考えてくれているから信頼しているよ」

スラちゃん1号を全面的に信頼していることを証明するため、和也はあえて一気飲みをしたのだった。

そんな和也の気持ちがわかったスラちゃん1号は嬉しそうに身体を震わせると、お代わりのブドウジュースを作りだした。

「シャー！」

女王蜂のもとに、リザードマンリーダーが近づいてくる。

つい先日までは一方的に狩る存在と、一方的に狩られる存在だった両者だが、今は和也の配下として共に同等であると認識していた。

リザードマンリーダーは、女王蜂に対し謝罪が必要だと考えていた。

リザードマンリーダーは近くにあったスイカのような果物を手に取ると、ナイフを使って器用に剥いて女王蜂に差しだす。

素っ気なく手渡されたスイカが謝罪の印だと気づいた女王蜂は、近くにいた働き蜂に何かを持ってくるように命じる。

しばらく待たされたリザードマンリーダーが女王蜂から手渡されたのは、壺だった。

「キシャ？」

リザードマンリーダーが壺の中身を確認すると、そこには蜂蜜が入っている。なぜ手渡されたのかと首を傾げていると、女王蜂より蜂蜜を食べるように言われた。

リザードマンリーダーは一口食べると、そのあまりの美味しさに大きく目を見開く。

「キシャー！」

背後に控えていた他のリザードマン達にも蜂蜜を食べるように伝えた女王蜂は、自らはスイカを美味しそうに食べ、配下の働き蜂達にも食べるように命じた。

そして「これで和解でいいですよね？　和也様の配下としてお互いに仲良くしましょう」と、身体を揺らして伝える。

それを受けたリザードマンリーダーも大きく頷き、周りにいたリザードマン達に、今後はお互いを認め合い、和也様のために働くようにと伝えるのだった。

リザードマン達と蜂達が完全に打ち解け、楽しそうに食事をしている。

そこへ、和也がスラちゃん1号を連れてやって来た。

「おお？　仲良くなったの？　そうなんだ。それは良かったよ。俺も頑張ってグルーミングした甲斐（かい）があるね」

両種族が仲良くしている様子を見て、和也は満面の笑みを浮かべる。

ふと妙な光景に気づいて、和也は尋ねる。

「ところであれは？」

視線の先では――

リザードマンが数匹の蜂に担がれて、地上から数メートルの高さまで持ち上げられている。そこで、蜂達は手を放す。

リザードマンは空中で宙返りをして、身体をひねりながら着地。ガッツポーズを取った。まるで新体操をしているような感じだった。

和也は何をしているか気づいた。

「あー。俺が、ちびスラちゃん達にやったやつだね。うん！　いいよ。いいよー。面白い！　これは競技にしても良いくらいだね。でも、落ち方が悪かったら大怪我するよなー」

蜂達がリザードマンを手放すのは高所だ。そんな場所から落ちればただでは済まないだろう。そう心配する和也に、スラちゃん1号が近づいてくる。そして「だったらマットを使ったらいいのじゃありませんか？」との動きをしながら、すぐに溶解液を使ってマットを作りだした。

試しに和也がその上に乗って飛び跳ねたりしたが、素晴らしいクッション性で、安全の確認ができた。

問題ないとわかった和也は、周りを見ながら高らかに宣言する。

「よーし！　これからリザードマンと蜂達による新体操をするよー。一番拍手をもらった子にはプレゼントがあるよー」

和也の思いつきによる急な宣言にもかかわらず、リザードマンや蜂達は気合いを入れ、犬獣人達やグラモやマウントの配下達も大歓声を上げるのだった。

19. なぜか始まる新体操大会？

「みんなー。やる気に満ち溢れているかー！」

和也の声に大歓声が起こる。

選手として気合いの入っているリザードマンや蜂達だけでなく、和也と一緒に砦にやって来た護衛の一同、スラちゃん1号やちびスラちゃん達も触手を動かして激しく音を鳴らす。

そんな状況の中、会議を終わらせてきたマウント達が合流する。

「なんだこの騒ぎは？　それと、あの床に敷かれているのもなんだ？　一体何が起きようとしているのか言ってくれ。蜂達がリザードマンを担いで上空から落とそうとしているように見えるんだが……」

ある意味、正解を言っているマウント。そんなマウントに周りは一所懸命に説明をしたが、聞いていても彼はますます困惑するだけだった。

「は？　まあ、和也殿がリザードマンと蜂にグルーミングをしたのはわかる。そして両者が仲直りをしようと懇親の場を設けた、というのもわかった。和也殿がそこに乱入して、さらに楽しくなった、それも問題ない。だが、なぜそれで蜂達が空中からリザードマンを放り投げることになるんだ？　それと和也殿が『8・5点！』と叫んでいることは関係があるのか？　なあ、ゲパートはどう思う？」

「私にわかるわけないでしょう。マウント様と一緒に来たばかりじゃないですか」

マウントとゲパート達は、会場から少し離れた場所から、その光景を眺めていた。

二人が困惑している中、一組のリザードマンと蜂達がマットに乗ると、そのまま上空へと飛び立った。

かなりの高度になった状態で、蜂達がつかんでいたリザードマンを放すと、リザードマンは尻尾を利用して遠心力を生みだして回転し始める。

落下しながら回転していたリザードマンは、着地する寸前に身体を和也の方に向け、美しい姿勢で着地した。

会場がシンと静まり返り、一同の視線が和也に集中する。

「9・3点！　惜しい！　最後にふらつかなければ満点だったよー。でも、今の時点で最高点だねー」

「キシャー！」

演技を終えたリザードマンと蜂達はハイタッチをし、最後はガッツポーズで決める。観客席からは賞賛（しょうさん）の大歓声が上がった。

「そ、その和也殿。これは何が行われているのでしょうか？」

誰に聞いてもよくわからず、埒（らち）が明かないと考えたマウントが、和也のもとにやって来て直接尋ねる。

先ほど行われた演技を採点していた和也だったが、マウントに声をかけられて気づいた。

「あー。マウントさんじゃん。ちょっと会場を作らせてもらったよー」

「いや、それは構わないですが、これはいったい何が始まっているので？　周りの奴に聞いても意味がわからなくてですね」

一応「新体操大会」というものであるとは聞いた。しかしそう聞いてもピンと来ていない。そんなマウントに、和也は自説を交えて説明を始めた。

「やっぱり仲良くしてもらうためには、共同で作業するのが一番効果あると思うんだよ。だからお互いの良いところを出し合って協力するようにしたのだよ。それに大会にした方が、皆も盛り上がるからねー」

マウントは「は、はあ」としか返事できない。そんな中、次の選手であるリザードマンが手を挙（あ）げる。

「そろそろ最後の演技が始まるから後でね！　いいよー。次の演技も期待しているよー」

「キ、キキシャ⁉　キキシャー！」

和也に声をかけられたリザードマンはハイテンションになる。そして、タッグを組んでいる蜂達に気合いを入れるべく頷き合うと、勢いよく飛び立った。

先ほどの選手より高度を取り、そして手放される――そう見せかけて、蜂達が再びリザードマンをつかんだ。

「おお」

初めてのフェイント技に、和也は思わず歓声を上げる。

次の動きに期待をしていると、蜂達とリザードマンが一体となって回転を始めた。観客一同が期待と興奮が入り交じった気持ちで見守る中、回転した状態で再びリザードマンは空中に放たれる。

そしてその勢いを使って、リザードマンが回転を続け、そのままブレることなく着地した。

「……」

和也は演技を終えたリザードマンを眺めながら沈黙を続けていた。一同が和也の次の台詞を固唾を呑んで待ち続けていると、ついにその口が開いた。

「意表を突かれた。まずはそう言いましょう。まさか最後の最後で、タッグ技が見られるとは。単に空高く飛んだだけではありません。空中での再キャッチです。これは一度放した相棒を再びつかむ勇気と、間違いなくつかんでもらえるとの確信がなければ……そう、お互いが信頼していないとできない技です。最後の着地も良かった。着地する直前にお互いを見合いましたね？　これは最高の技を出し切ったという、そう、まさに最高のパートナーシップなのです！」

和也は徐々にテンションが振り切れ、話している本人も、何を言っているのかわからなくなっていた。

しかし、講評を聞いていた観客達は、審査委員長の和也に惜しみない拍手を送り始めた。そして拍手が収まったのを確認した和也はドヤ顔を決め、満面の笑みを浮かべた。

「10点満点」

「キシャー！」

最後の選手となったリザードマンと蜂達が抱き合うようにお互いを称え合う。観客と化している者達も彼らに惜しみない拍手を送る。

そしてマウントが小さく呟いた。

「なんだこれ」

20．やっとマウントさんの出番？

マウントとゲパートを置いてきぼりにして、新体操大会は盛況のうちに終わった。

優勝したリザードマンと蜂達はその場で焼いた肉を手渡され、他にも最近和也が凝っているアクセサリー作りから、特に気に入っている物が下賜された。

「キシャー！」

「ふふ。そんなに喜んでくれるなんて嬉しい限りだよ。もちろん、それだけじゃないよー。さっきグルーミングしたばっかりだけど、再びグルーミングタイムー」

そう言うと、和也は万能グルーミングで靴磨きグッズを作りだす。

まずは毛先が硬いブラシで、大きな汚れを隅々まで落としていく——とはいっても、先ほどのグルーミングで、つやつやになっていたが。

そしてクリーナーを付けて細かな汚れを拭き取っていく。

「うーん。俺のグルーミングもまだまだなのかなー。まだこんなに汚れが残っているなんて。任せろ！　ここで綺麗さっぱり完璧なグルーミングをするよー」

和也がクリーナーが付いている布を高速で動かしながら話していた。

だが、グルーミングを受けているリザードマンからすれば、返事をするどころではない。襲いかかってくる幸福感に抵抗することができず、なんとか気合いを入れて意識が飛ばないようにするので精一杯だった。

「そして栄養クリームの登場です！　これは塗りすぎるとダメなんだよー。そして当然ながらブラシも交換ー。同じブラシを使うなんてとんでもないのです！　そして満遍なくクリームが行き渡ったら！　ここでクロスの登場です！　高速で動け！　俺のゴッドハンドー」

機嫌良くグルーミングしていた和也のテンポが徐々に速くなっていく。クロスを取りだした時にはハイテンションＭＡＸになっており、猛烈なスピードでクロスを動かしていた。

さすがにこれにはリザードマンも抵抗できず、あまりの気持ちよさに失神した。

「ふふ。気持ちよさそうに寝ているねー。ちょうど仕上げまで終わったから、次は蜂さんだよー。さすがに靴磨きセットはブラシが硬すぎるから、耳かきグッズを作りだすよ。いでよ！　万能グルーミング！」

和也の言葉に、靴磨きセットに代わって耳かきグッズが出てくる。

蜂を膝の上に乗せると、和也は関節の隙間にシリコン製のような弾力のある綿棒を入れて汚れの確認をする。隙間に汚れが詰まっているようで、和也は霧吹きの出力を最小限に絞って少し湿らすと、時間をおいて掃除を始めた。

「キシャー」

「きゃうきゃう！」

「にゃー！」

「なんと！　和也様の膝枕だと！」

グルーミングされる蜂を、羨ましそうに静かに見守っていた一同だったが、和也が膝枕まで始めると騒然となった。

無言のまま歯ぎしりをする者まで現れて、和也の周囲は一触即発状態になる。ボルテージが最高潮になる直前——

スラちゃん1号の軽やかな触手音が響く。

ハッと我に返った一同に、スラちゃん1号は「ほらほら。そんな怖い顔をしたら和也様が怖がりますよ。それとも和也様を怖がらせたいのですか？」と触手を動かしながら、落ち着くように伝え、ちびスラちゃんに用意させた飲み物を渡していく。

「和也様が認めてくださったからこその最高のグルーミングです。皆さんも和也様に認められる働きをすれば良いだけの簡単な話ですよ。そうでしょう？」と身体を上下に動かして伝える。

「その発想はなかった！」と、一同は気合いを入れるように声を上げるのだった。

「そういえば、新体操大会の前にさ、マウントさんはなんで宴会場にいなかったの？」

蜂へのグルーミングをしながら和也がマウントに話しかける。

マウントは色々ありすぎてパニックになっていたが、自分が先ほどまで話し合っていた重要なことについて思い出す。

「おっと、そうだった。蜂が襲われる原因となったリザードマンの襲撃（しゅうげき）ですが、あいつらは別の魔物に襲われて食料を奪われたようなんです。まあ、ここまでは和也殿も知っていると思いますが。その後の調査で、襲ったのは馬らしき魔物だとわかったというわけです。なので今は、魔物が襲った周囲を調査中なのですよ。まあ、そんな感じの話し合いをしていたわけですな」

「ほへー。俺達が楽しんでいる間に難しい話をしてたんだねー。それは疲れたでしょ？　労（いたわ）りのグルーミングをした方がいい？」

「う？　い、いや。その提案はものすごく、ものすごくありがたいのですが……その魔物がここに来て、和也殿が怪我でもしたら大変ですからな。早めに対処をしようと思っているのですよ。なあ、ゲパート？」

和也の提案は魅力的だった。しかし、砦の近くにいる凶暴（きょうぼう）な魔物は早急に対処する必要がある。そんなわけでマウントは断腸の思いで断ったのだが。

一方、ゲパートは「え？　こいつマジで言ってんの？　せっかくの機会なのに」と思いつつも、マウントの意見を尊重して言う。

「え？　そ、そうですね。和也殿の危機となれば一大事ですね。ですが、まだ時間はあるのでグルーミングをしても大丈夫かもしれません……？　偵察部隊も戻ってきてませ――」

「ゲパート様！　偵察より戻ってまいりました。報告をさせていただきたいのですが、よろしいでしょうか？」

まだ時間があることをアピールしようとしたゲパートだったが、タイミング悪く、偵察に向かっていた部下と、タルプ配下の偵察部隊が帰ってきてしまった。

ゲパートは思わず殺気交じりの目をしつつ、理性を総動員して衝動を抑える。

なんとか殺気を抑えたゲパートが、偵察部隊の一同を連れて大会議室に移動する。当然、マウントもついてきており――その手にはなぜか大量の食料や酒を持っていた。

そして、和也とスラちゃん1号も一緒についてきた。

「マウントさんはいっぱい持ってるねー。それ全部、一人で食べるの？」

「はっはっは。当然ですな。俺は『土』や『地』の四天王と呼ばれている、身体の大きさだけが取り柄の魔物です。まあ、だから大食いなのですよ。大量に食べないと、このデカい身体を維持できませんからな。それと、酒は飲まないとやってられっか！　ですよ」

「やってられっか！　って、何か嫌なこと――あー。馬の魔物への対応だよねー。急に怖い魔物が出たら嫌だよねー。さっき四天王は大食いって言ってたけど、フェイさんや他の四天王さんも大食いなの？　ひょっとして魔王さんも？」

「ええ。全員俺よりも食べますよ。俺なんて、四天王の中で最弱と呼ばれているくらいですから」

マウントと和也が軽い感じで話しているのを隣で聞きつつ、ゲパートは複雑な顔になっていた。それにはいくつか理由があり――

これから会議で重要な話を聞くのに、食料持ち込みだけでなく、酒まで持ち込んでくる上司マウントへの「真面目に仕事しろよ」との不服。そして、楽しそうに話を聞いている和也がいるため、マウントへ注意できない不満。なぜか一緒に食事をしようとしている部下達へ「ふざけんなよ、お前ら！」との怒り。

何よりもゲパートの心の最大比率を占めているのは、グルーミングのチャンスを逃すことになった偵察部隊への八つ当たりだった。

複雑な思いでイラついているゲパートに、致命的な一撃が放たれる。

「そうだ。馬みたいな魔物の偵察に皆は行ってたんだよね？　お疲れ様ー。ほらほら、こっちにおいでよ。いでよ！　万能グルーミング！」

和也は万能グルーミングでブラシを作りだすと、あろうことか偵察部隊の面々にグルーミングを始めてしまう。

最初は「報告があるので」と遠慮気味だった一同だが、最初の一匹が捕まってグルーミングされると、我先にと争うように順番待ちを始めた。

ゲパートは怒りに震えて声を出す。

「……おい。お前ら」

「ひぇ！　ゲ、ゲパート様！」

「し、仕方がないじゃないですか。和也様からのお言葉なのですよ。それを拒否なんてできると思いますか？　なあ、お前ら」

「できるわけない！　当然できるわけないでしょう。だから並ぶのです。何か問題がありますか？」

「ぐっ！　そ、それはそうなんだがな……」

殺気どころか、怨嗟や羨望の視線を投げるゲパート。

その強烈な視線に怯えながらも、錦の御旗と言える「和也が言っていた」を掲げて反論する偵察部隊の一同。

思わず言葉を詰まらせるゲパートに、マウントが笑いながら話しかける。

「まあ、いいじゃないか。まずは休憩しようぜ。俺もこんなに早く偵察部隊が帰ってくるなんて思わなかったから、食事もしてないんだ。お前だってそうだろ？　だから和也殿がグルーミングしている間に、俺達は飯でも食おうじゃないか」

「いやいや。マウント様がそんなことを言います？　だったら、俺達も和也様の至高のグルーミングを受けとけば良かったじゃないですか！　和也様の危機であると思ったから、そう思ったから！　だから断腸の思いで会議室に向かったのに、この仕打ちは酷すぎませんか⁉」

目から血の涙を流しそうな形相で力説するゲパートにマウントは苦笑しつつ、どうやって慰めようかと考えていたが、別の方向から神の救いが入った。

「副官さ――ゲパートさんもグルーミングしてあげるからこっちにおいでよ！　そんなに怒っちゃだめだよー。そうだよね。会議で一所懸命頑張ってたもんね。外へ偵察に行っている子も大変だったけど、ゲパートさんも大変だったよね。ほらほら、食事が終わる頃には全員のグルーミングが終わるから後でこっちにおいで」

いつの間にやら、偵察部隊へのグルーミングを本格的に始めていた和也が、マウントとゲパートの会話に笑いながら参加してくる。

喋っている間もブラシを止めることなく、軽やかに滑らかに動かしている。当然ながらグルーミングを受けている偵察部隊の一人は至福の表情を浮かべており、それを見ながら順番に並んでいる者達は待ちきれないようで、そわそわとしていた。

ゲパートは感激のあまり涙声になる。

「そ、そこまで和也様が仰ってくださるのならば。ほら！　早くマウント様。ご飯を食べますよ。酒？　酒なんか飲んでどうするのですか！　和也様のグルーミングを味わえない――え？　酒を飲んだ方が感覚が鈍るが、逆に新たな境地が開けるかもですって？　ちびスラちゃんさん！　樽で！　樽で持ってきてください」

和也の言葉を聞いたゲパートは、食事をすることにした。そして最初は酒など飲めないと言っていたが、マウントの悪魔の囁きに乗ると大量の酒を持ってきてほしいと頼み込んだ。

「ふふ。よーし！　じゃあ、二人がゆっくりとご飯を食べられるように、念入りなブラッシングを増やそうかなー。そうだ！　こんなのはどうかなー。いでよ！　万能グルーミング！」

和也は手袋を作りだす。スラちゃん1号達にグルーミングをする手袋ではなく、少し硬く、粘着性があって汚れも綺麗に取れるタイプの手袋である。

「よいっしょ！」

和也が手袋を装着して、粘着性を利用して汚れを剥がすようにグルーミングしていく。何度か和也からグルーミングを受けている一同だが、それまでの感覚とは違う気持ちよさに一瞬で全員が失神するのだった。

21．馬の魔物と遭遇する

「ふひょー。ふひゃー。おお！　そこまでしていただけるのですかー。ぬぉぉぉぉ！　こ、これは、今までの苦労が報われるー」

「ふはははー。そうじゃろう。そうじゃろう。俺の手にかかったらすべてがつやつやになって、幸せに満ち溢れるのだー。次はマウントさんだよー。ほりゃー。これでグルーミング終了じゃ！」

待ちに待ったグルーミングに、ゲパートが歓喜の雄叫びを上げる。

そんな様子を見て和也は高笑いし、ブラシを縦横無尽に動かす。

ゲパートの喜ぶ姿を楽しそうに眺めて酒を飲むマウントに、和也は軽く声をかけ、グルーミングをフィニッシュさせた。

幸せそうな顔で、死屍累々となっている偵察部隊の上に倒れ込んだゲパート。そんな様子を苦笑しながら見ていたマウントだったが、酒を飲む手を止め、和也に見せているいつもの飄々とした顔ではなく、真剣な顔でスラちゃん1号に話しかけた。

「スラちゃん1号殿。馬の魔物ですが、先に攻略に行きませんか？　偵察部隊や俺の配下では荷が重い。ゲパートには、目覚めたら砦――村の警備を任せておけばいいでしょう。敵となるかもしれない魔物は早めに潰しましょうぜ」

スラちゃん1号は「確かに。それは良い考えですね。では、私とマウントさんで討伐に行きましょうか」と触手を動かして答える。

そんな二人のやりとりを眺めていた和也が、頬を膨らませて会話に参加してきた。

「ずるいー。俺も行くー。馬の魔物も仲良くなれるかもしれないじゃん！」

和也の呑気な言葉に、マウントとスラちゃん1号が固まる。

そして、なんとか説得しようと試みた二人だったが、和也はキラキラとした目で見返してくるので、互いに顔を見合わせて説得するのは無理だと判断した。

そして、マウント、スラちゃん1号、和也の三人で馬の魔物のもとへ向かうことになった。

「久しぶりに歩いての移動だねー。なぜか最近は馬車に乗って移動しないと、みんなが怒るから新鮮だねー。スラちゃん1号、お弁当は用意してくれた？　勢いで俺もついていくって言ったけどさ。夜に出発して良かったの？　馬の魔物を見つけることはできるの？」

「お弁当でしたら、しっかりと用意してありますからご安心ください。今回はサンドイッチにしていますよ。やっぱり夜間行動の時は、簡単に食べられる方が良いですからね」と、身体を左右に動かしてスラちゃん1号が答える。

「いやいや。普通は携行食ですよ。俺達の部隊なら硬い黒パンを口に含んでワインで軟らかくして、無理やり胃へ流し込んで終わりって感じですな。間違ってもスラちゃん1号殿が用意しているような、サンドイッチではありませんから、和也殿はしっかりと覚えておいてくださいよ」

目的地へと歩きながら和也とスラちゃん1号が会話しているのを聞きつつ、マウントは思わずツッコむ。

和也とスラちゃん1号が「え？　違うの？」と心底驚いた顔になっているのを見て、マウントはどうしたものかと頭をかかえたが、口を開く前に前方から濃厚な魔力を感じ取った。

「……スラちゃん1号殿」

静かな声で伝えるマウントに、スラちゃん1号が「ええ。わかってますよ」と触手を動かす。以心伝心な二人を見て、和也は首を傾げる。

「え？　何かあったの？」

「ええ。向こうも、こっちに気づいているようですよ」

マウントの返答と同時に前方の草が揺れ、ゆっくりとした足取りで馬の魔物が姿を現した。

マウントが驚愕の表情になる。

「あれは、神獣スレイプニルじゃねえか。まさか、そんな存在が無の森に棲んでいるなんてな……いや、エンシェントスライムであるスラちゃん1号殿がいるくらいだから、スレイプニルがいても不思議ではないのか？」

マウントの言葉に反応するようにスレイプニルと呼ばれた神獣が嘶き、そして前脚を高らかに上げて威嚇してくる。

マウントが突進に備えて和也の前に立った瞬間、スレイプニルが全力で突っ込んできた。

「ぬうぅぅぅ！　やっぱり突進か！　舐めるな、馬鹿力野郎め。筋力で俺に敵うと思うなー。だりゃぁぁぁ！」

スレイプニルの突撃を正面から受け止めたマウントが、気合いを入れて押し返す。

二大怪獣が激突し、衝撃音を周囲にまき散らしながら、何度もぶつかり合っている。しばらくすると、お互いに荒い息をしていったん間合いを取った。

和也が歓声を上げる。

「おお。すごい！　マウントさんと互角にやり合うなんて格好いいねー。スラちゃん1号もそう思うだろ？」

背後からの呑気な声に、マウントが苦虫を噛み潰したような表情を浮かべる。

互角のように見えているが、スレイプニルが突進している分、押さえ込んでいる側のマウントの方が不利である。また時折襲いくる前脚と噛みつき攻撃を躱しており、その分の疲労も蓄積していた。

マウントは息を切らして呟く。

「ちっ！　こうなったらあの姿を解放するか……それなら問題なく倒せるだろう。和也殿の希望である『仲間にする』はできそうにないがな！」

マウントが真の姿になることを決断した瞬間――

マウントに油断が生じ、スレイプニルへの注意が散漫になった。それを見逃してくれるようなスレイプニルではない。

スレイプニルは後方にいた和也に目標を定めると、マウントを避けて和也に向かって突進を開始した。スレイプニルは和也に向かって突撃しながら、今までのことを考えた。

無の森の環境が急激に変わり、煩わしくなって住処を移動させた。

その先にリザードマンなどの脆弱な魔物がいた。それらを蹴散らし、やっと環境が落ち着いたと思った矢先――今回の魔物が縄張りに入ってきたのだ。

単体で自分と戦えるレベルの魔物がいたのには驚いたが、特に問題なく対処することができそうであった。

ただ、遠巻きに眺めている存在が気になり、攻撃に向かった。そんな軽い気持ちでの突撃であったのだが……

「うひゃぁぁ！　こっちに突撃してくるー」

先ほどまでの魔物は戦い甲斐のある好敵手（こうてきしゅ）だったが、こちらはそんな感じがしない。それどころか逃げようとさえしている。

「え？　ちょ、ちょっと勢い良すぎない？　スラちゃん1号たすけてー！」

矮小（わいしょう）な存在が情けなくも大声で叫んでいる。

一瞬で吹き飛ばせるだろう。そう思ったが、その判断が大きく間違っていることを、幸か不幸か、スレイプニルは存分に味わうこととなる。

「ブルゥウゥアァア！」

突然、八本脚の一脚が動かなくなった。

そのことを疑問に思いながらも、戦闘には影響がないため突進を続けるスレイプニル。

だが、次々と動かなくなる脚が増えていくことに、次第に恐慌（きょうこう）状態になる。

それだけでなく、前方に突然濃厚な魔力が現れた。

先ほどの魔物をも凌駕（りょうが）する魔力であり、自らも超える可能性がある。スレイプニルは突然感じた魔力に危機感を覚えた。

慌てて距離を取り、そして自らの脚を確認すると、そこには目には見えないゼリー状の何かが付いていた。

スラちゃん1号が「あらあら。それに気づきますか。さすがはマウントさんが神獣と呼んだ魔物だけはありますね。ですが、和也様に危害を加えようとしたのは言語道断。そのふざけた根性を叩き直してあげます。簡単に倒してもらえるとは思わないでくださいね」と触手を動かしながら、怒りも露わに、スレイプニルへの間合いを詰める。

スラちゃん1号が放った攻撃は、極限まで透明にしたうえに粘着性を持たせた自分の身体の一部だった。

マウントですらなんとか視認できるレベルの代物を検知したスレイプニルは、さすがは神獣だが、如何せん相性が悪かった。

スレイプニルが突撃をしようにも、噛みつこうにも、前脚で蹴り上げようにも、スラちゃん1号はすべての攻撃を吸収してしまい、代わりに溶解液をぶつけてくる。

その溶解液には各属性が付与されており、火傷、凍傷、裂傷など様々な傷がスレイプニルの身体に付けられていく。

スラちゃん1号が「ふふ。かなりつらそうですね。ですが、和也様が感じた恐怖を思うと、その程度では許しませんよ。脚の四、五本でももぎ取ってしまいましょうか？　それとも、ご自慢にしているたてがみを一本ずつ抜いていきましょうか？」と触手を動かし、溶解液を継続的に飛ばしながら、スレイプニルに近づく。

スレイプニルが、自分が関わっていいレベルの魔物ではなかった、と気づいた時には遅かった。

すでに身体中は傷だらけになり、自慢の八本脚も半分以上動かない。スレイプニルは自分が無の森の主だと自負していたが、それが完全な勘違いだと理解した。

死神の足音が近づいてくる――というよりむしろ、冥府の魔王が這いずってくる。そのような足音に、死を覚悟したスレイプニル。

その耳に、どこか能天気な声が届く。

「ねえ。スラちゃん1号。このお馬さんを倒しちゃったんだよね？　グルーミングしてもいいの？」

当然ながら、和也の言葉はわからないスレイプニルだが、それが能天気なのは理解できた。

そしてスレイプニルが驚くことに、先ほどまで濃厚な殺意を放っていた魔物が、嘘のように従順にその矮小な存在――和也と接しているのである。

スラちゃん1号が「もう、和也様も少しは危機感を持ってください。先ほどまでこの者に、この者に！　襲われていたのですよ。本当なら八つ裂きに！　八つ裂きにしても足りないのですが、和也様が！　和也様がこの馬を気に入られたのなら仕方ありません。ですが、不穏な動きをするようなら、完全に滅しますからね」と触手を動かす。

続けてスラちゃん1号は和也に苦笑いしているような動きで接し、スレイプニルに触手を叩きつけ、「逆らったらわかっていますね？」と脅した。

そこへ、マウントが慌ててやって来て謝罪する。

「すみません！　和也殿。ご無事ですか？　スラちゃん1号がいるから問題ないと油断しちまいました」

「いいよー。マウントさんの戦いも見られたからねー。超格好良かったよ。スラちゃん1号？　もう！　もちろんスラちゃん1号も格好良かったに決まってるじゃん！」

和也が軽い感じで答えてスラちゃん1号を見ると、スラちゃん1号はスレイプニルに触手を叩きつけて拗ねていた。

和也は笑いながら万能グルーミングで手袋を作りだして、スラちゃん1号をゆっくりと撫でて、褒めてあげた。

「うりゃ！　うりゃぁぁぁ！　とりゃぁぁぁぁ！　このこの。スラちゃん1号は本当にすごいぞー。強かったお馬さんも捕まえちゃったからねー」

万能グルーミングで手袋を作りだし、手を高速で動かしてスラちゃん1号をグルーミングしている和也。スラちゃん1号は和也に身体を委ねて満足げにしていた。

その横ではマウントが食事の準備をしており、火おこしから調理まで一人で行っている。

和也がそんな働き者のマウントに尋ねる。

「マウントさんって料理できるの？　なんか意外だねー」

「そうですか？　これでも一人暮らしが長くて、結婚してからも単身赴任でしたからなー。外食以外は自分で作って食べてましたぜ。もうちょっとでスープもできますから、楽しみにしててくださいよ」

「うん。こっちももうちょっとで終わるし、楽しみにしてるねー。そりゃぁぁぁ！　ここからラストスパートだー」

　マウントは背中に冷や汗を滝のように流していた。

　というのも、スラちゃん1号がマウントにプレッシャーを与えていたからである。和也が危機に晒された責任が、マウントにあると言っているような……

　マウントはスラちゃん1号の視線を感じないように、目の前の料理に集中する。

　しかし、スラちゃん1号は「ふふ。マウントさん。そんなに必死に視線を逸らさなくても大丈夫ですよ。和也様も無事でしたし、スレイプニルも捕獲できましたからね。これで和也様がかすり傷でも負っていたら別ですが。ふふふ」と緩やかに触手を動かした。

　マウントは安心し、恐怖のあまりぎこちなく笑いだす。

「はっはっは。それはそれは。はっはっは」

「よーし。スラちゃん1号のグルーミングは終わりー。次はお馬さんだねー」

　和也がスラちゃん1号から離れると、今度はスレイプニルのもとに向かった。

スラちゃん1号が作った檻に閉じ込められているスレイプニルは、何者かがやって来た気配に、自らの処遇が決まったと覚悟を決める。

力がすべての魔族において、負けることは「死か、服従か」である。スレイプニルは、その原理を大人しく受け入れるつもりであったが……

ただ、スラちゃん1号には負けを認めていたが、今この場に現れた、どこか呑気な感じのする和也には負けたとは微塵も思っていない。

スレイプニルは和也が近づくと、低い唸り声を上げて威嚇した。

「大丈夫だよー。傷はスラちゃん1号が治してくれたでしょ？　だから、後は俺がグルーミングでつやつやにしてあげるだけだよー。素材がいいから、ものすごいつやつやになるだろうねー」

スレイプニルが怯えていると勘違いしている和也が、能天気な声で話しかける。

そして威嚇を続けている様子を見ながら、万能グルーミングでブラシを作りだし、満面の笑みを浮かべてブラシを走らせる。

「ふひひーん!?」

その時スレイプニルは、電気が流れるような衝撃を感じた。

先ほどの戦闘で負った傷は治されており、その痛みではない。それはわかっていたが、では、どのような衝撃なのか。スレイプニルは、いったい何が起きているのか説明ができなかった。

混乱するスレイプニルに気づくことなく、和也はグルーミングを続ける。

「ほほー。たくましい筋肉をしていますなー。これは王者の風格がありますなー。たてがみも綺麗にしないとねー。うーん。ちょっと汚れが落ちないね。よし、お湯で洗い流そう。目を閉じてねー」

和也が万能グルーミングでお湯を作りだし、勢いよくスレイプニルにかけていく。ほど良い温度に、スレイプニルは自然と目を細める。

そんな様子を見て和也は優しく微笑み、スレイプニルの全身の汚れを洗い落とし、濡れタオルを固く絞って水気を取っていく。

スレイプニルは、目や顔を優しく拭き取っていく和也の動きに翻弄される。あまりの気持ち良さに睡魔まで襲ってきていた。

かと思いきや、そんな眠気が飛ぶほどのブラッシングが始まる。

スレイプニルは身体に付着していたゴミが取れるごとに、心まで軽くなっていくのを感じた。

「ふふ。いい感じみたいだね。次はちょっと尻尾を触るよー」

グルーミングの効果により、スレイプニルは和也の言葉がわかるようになっていた。

それだけでなく、和也への敬慕の念も出始めており、本来なら誰にも触らせることのない尻尾への接触も自然と許してしまった。

「やっぱり！　尻尾の中にもゴミがあったねー。これは確実に取っておかないと。うん！　綺麗になった。完璧の状態！　これは百人が見ても全員見惚れるね」

ついに、完全につやつやになったスレイプニル。

その姿を見ながら、和也は満足げな表情で頷いていた。そして、スラちゃん１号やマウントを呼んでお披露目をすることにした。

料理の手を止めたマウントが手を拭きながら和也のもとにやって来る。

「うぉ！　ものすごく光り輝いていますな。今、夜だよな？　……いや！　すごい！　さすがは和也殿です」

檻の中にいるスレイプニルを見ながら、マウントは神々しさを感じていた。そうして和也のグルーミングを褒めたが――

「まだだ！」

和也から返ってきたのは、否定の言葉だった。

首を傾げているマウントに気づかないまま、和也は厳しい表情でスレイプニルに脚を上げるように伝える。

「蹄のお手入れをしてなかった！　何たる不覚。これではグルーミングマスターと名乗れ

ないじゃん！」

誰に対して名乗るつもりなんだよ!?　とマウントが心の中でツッコんでいる中、和也は機嫌良く万能グルーミングで固めのブラシやクリームを作りだし、八足すべての蹄を綺麗にしていくのだった。

22．スレイプニルは万全になる

スレイプニルのグルーミングが終わった後も、若干不満げな顔をしている和也。そんな彼にスラちゃん1号は触手を動かしながら、どうしたのかと確認してきた。

「そうなんだよねー。やっぱりわかっちゃう？　俺がグルーミングに満足してないのって。さすがはスラちゃん1号だね」

和也は、スレイプニルの脚に蹄鉄（ていてつ）が付いていないことを説明した。万能グルーミングで試作（しさく）してみたが、万能グルーミングでは時間が経つと消えてしまうのだ。

和也がスラちゃん1号にお願いする。

「イメージとしてはこんな感じなんだよー。脚の蹄に付けるんだ。そうそう！　……え？　もうできたの!?　形は完璧。硬さは……問題ないよ！　何で作ったの？　へー銀色に光る鉱石で作ったんだ。魔力を流すといい感じになるの？　ほへー俺は魔力がないからわからないなー」

スラちゃん1号が作りだしたのは、和也のイメージ通り、完璧な蹄鉄だった。ミスリル製ではあったが。

この場に魔王達がいたら「ミスリルで蹄鉄って！　いや、そもそもミスリルってそんな簡単に加工できるの⁉　え？　蹄鉄は鉄で作るから蹄鉄なのよね？」と大混乱したであろう。

ちなみに、ミスリルの蹄鉄が非常識であることに気づけるマウントはいたが、彼はスラちゃん1号の視線を受けないように料理に集中しており、二人のやりとりを聞いていなかった。

和也は、スラちゃん1号に作ってもらった蹄鉄を手に取り、嬉しそうに感想を述べる。

「うんうん、いいねー。スラちゃん1号、これって八個作れる？　それと、脚に付けるから留め具も必要なんだけど……え？　魔力で着脱可能にしているから問題ないって？　魔力って便利なんだねー」

スラちゃん1号が「いえいえ。和也様のグルーミングに比べたら、魔力なんて大したものではありませんよ。誰でも持っていますからね。ですが、グルーミングは和也様しか持っていない唯一無二の能力です。比較する対象が違いすぎますよ」と触手を動かす。

「なんて優しいスラちゃん1号！　やっぱり最高のパートナーだね！」

スラちゃん1号は「や、やだ。何を言っているのですか、和也様。最高のパートナーなんて言われたら、照れるじゃないですか」と恥ずかしそうに身体をプルプルとさせ、触手をペチペチとしている。

和也は、プルプルしたままのスラちゃん1号に告げる。

「よし。スラちゃん1号が作ってくれた馬蹄を付けようねー。ほら、お馬さんは脚を出してねー。そうそう、そんな感じー。どう？　魔力でくっ付くらしいけど。おお。ぴったり！　他の脚は？　うん、当然ながらぴったりだね。ちょっと歩いてみてよ」

グルーミングで完全に服従モードになっているスレイプニルは、逆らうことなく和也に身を任せてミスリルの蹄鉄を付けてもらう。

そして檻から出るとゆっくりと歩き、その素晴らしさに嘶きを上げる。

「ひ、ひひん⁉　ひひーんひひーん！」

スレイプニルは蹄鉄を付けたことで、今まで気にしたことがなかった、足場の悪さを把握できるようになった。また、これまで以上に強く、大地を蹴ることができるようになっていた。

世界が変わったのを感じ、スレイプニルが前脚を上げて歓喜を伝える。

「ひひーん！」

「おお。喜んでくれているみたいだね。え？　なに？　背中に乗れって？　いいの？　でも背が高くて俺には乗れない――しゃがんでくれるんだ。じゃあ、スラちゃん1号も乗ろうよ」

スレイプニルが、和也とスラちゃん1号が乗りやすいように体勢を低くする。そして、二人が背中に乗ったのを確認すると、ゆっくりと立ち上がった。

「うわぁぁ高い！　すごい。景色がいいね。マウントさん！　ちょっと散歩に行ってくるね！」

「え？　か、和也殿？　ちょ、まっ！」

プロの料理人のような真剣な表情で料理していたマウントが慌てて返事をしようとしたが、その時にはスレイプニルは走りだしており――

その姿は、あっという間に豆粒のようになった。

「おいおい。神獣の背中に乗っていいのか？　……まあ、和也殿ならいいか。どうせ本人は何も気づいてないだろうからな」

神獣に乗れるのは、神だけである。

――との常識を和也が知るはずもなく、現状をどのように魔王マリエールに報告しようかと、鍋をかき混ぜながら考えるマウントだった。

「早いねー。それにしても馬に乗ったことないのに、ぜんぜん怖くないし、落ちないよね？　ひょっとしてスラちゃん1号が支えてくれているの？」

スラちゃん1号が「当然、私も支えてますが、スレイプニルが和也様が落ちないように気をつけて走っているようですよ。褒めてあげます、スレイプニル」と触手を伸ばしてスレイプニルを撫でる。

「あー。俺も褒めるー。いでよ！　万能グルーミング！」

和也は少し硬めのブラシを作りだすと、たてがみを何度も梳かしながらグルーミングを開始する。

スレイプニルは突然の快感に驚いたが、うっとりした表情になると、嘶きを上げて和也に感謝を伝えた。

その間も速度は落ちることなく、スレイプニルは途中で出くわした魔物なども鎧袖一触で倒していく。

当然、スラちゃん1号も横や上から襲いかかってくる魔物を倒しているのだが、そんなことが起きていると気づいていないのは、テンションが相変わらず振り切れている和也だけだった。

その後、一時間ほどの散歩をした和也が、満足した表情で戻ってくる。そこには、お腹を減らしたのか、携行食をかじっているマウントがいるのだった。

「ごめん、ごめん！　ちょっと楽しくてさー。ブワーと走るじゃん。すると木が避けてくれるみたいでさー。スラちゃん1号も支えてくれてるから怖くないし。お馬さんも気分良く走っているし、本当に楽しかったんだよ」

スレイプニルから降りようとしながら、和也はテンション高く謝る。

和也をしっかりと支えるように一緒に降りたスラちゃん1号。スレイプニルは和也が降りやすいように身体を傾けている。

マウントは盛大にため息をついた。

「おいおい。神獣のスレイプニルが完全に臣従（しんじゅう）してるじゃねえか。神獣が臣従ってか、やかましいわ！　それにしてもすごい光景だな。神獣のスレイプニルに、それから降りるのを助ける伝説のエンシェントスライム。そして、創造神エイネの使徒（しと）である人間。俺は歴史の転機に立ち会っているな」

「マウントさんどうかしたの？　なんかブツブツと言ってるけど？　それよりもお腹減ったー。マウントさんのご飯を楽しみに戻ってきたんだよ。早く食べようよー。遅くなったのは謝るからさー」

帰ってくるのが遅かったのでマウントの機嫌が悪い？　と心配した和也は万能グルーミングでデッキブラシを作りだし、マウントをこすりながら謝罪する。

端から見たら「そのゴマすりはズルいだろ！」とツッコミを受けそうなご機嫌取りだったが、マウントには効果がなく――というか、元から機嫌が悪くなっていたわけではないので、マウントは我に返ると笑顔になった。

「はっはっは。怒っておりませんよ。和也殿が神々しく見えたので驚いていただけですよ」

「そうなの？　俺が神々しい？　そんなことないよー。やっぱりお馬さんの方が――んー。いつまでも、お馬さんと呼ぶのはダメだよねー。名前を付けてあげないと」

和也は、マウントが怒っていないとわかりホッとして、スレイプニルに名前を付けていないことに気づく。そして、マウントにグルーミングをしながらスレイプニルを眺めて考え込む。

しばらく沈黙が続く中、和也の「うーん。うーん」との声だけが響く。

その間にスラちゃん1号は料理を並べ始め、スレイプニルはスラちゃん1号が作った檻に自発的に入っていった。

マウントはグルーミングを楽しんでいた。

その時、唐突に和也の手が止まると、スレイプニルに走り寄って満面の笑みを浮かべて語りかける。

「よし！　お馬さんの名前は『ホウちゃん』に決定だ！　『ウーちゃん』にすると同じ名前の子が犬獣人にいるし、『スレちゃん』にしたらスラちゃん達と名前が似てるからね。そこで俺は思ったね。馬を英語で言うと『ホース』なんだよ。だからホウちゃんに決定だ！」

「ひひん？　ブルゥゥゥ！」

　和也が何かを語っていることの意味は何一つ理解できなかったが、ともかく自分に名付けをしてくれたことだけは、スレイプニルにもわかった。

　スレイプニルことホウちゃんは嬉しそうに嘶きを上げる。

　そんな様子を遠目で見ているスラちゃん1号は、微笑ましそうに触手を動かしながら和也に料理の用意が整ったことを伝えるのだった。

「美味しいー。すごい！　美味しいよ、マウントさん。これは店を開けるね。四天王をクビになったら俺が雇うよ。いや、マウントさんがクビになることはないね。ごめんごめん。あまりの美味しさに変なことを言っちゃったよ。お代わりー」

和也がスプーンを咥えながら空になったスープ皿をスラちゃん1号に手渡す。

その際にマウントを大絶賛していたが、スラちゃん1号から「お行儀が悪いですよ、和也様」とたしなめられると、小さくなってごめんなさいと謝った。

そんないつもの光景にマウントは笑いながら、褒めてもらえたのは嬉しいので素直に応える。

「いえいえ。そこまで褒めてもらえるのは嬉しいですよ。本当にクビになったら雇ってくれますよね？　そうなった時のため、しっかりと腕を磨いておきますよ」

「うんうん。他の料理も期待しているので精進してくれたまえ！　ふはははは一。圧倒的になるではないか我が軍は！　四天王であるマウントが加入すれば向かうところ敵なしだなー。料理人としてだけどねー。いや、入ってもらう前提なのはダメだね」

まんざらでもない表情で答えるマウントに、和也も調子に乗って仁王立ちになる。

そして再びスラちゃん1号に注意され、ゆっくりと椅子に座り直すと、小さくなって「反省している」と伝える。

スラちゃん1号は「もう。和也様は無の森の盟主なのですから、もっと大人になってください。だいたい和也様は――」との感じでお説教をしながらも、和也が好きそうな具材を多めに入れて手渡す。具材とスープのバランスも取れており、和也への気遣い満載の配分だった。

「俺の好きなのがいっぱい入ってる！　やっぱりスラちゃん1号は最高だね。こっちに来るまでは大人だったんだけどねー。なぜか子供っぽくなるんだよね。やっぱりストレスがない状態で、好きなことをさせてもらってるからかな？　スラちゃん1号が俺を甘やかすからだよー。いでよ！　万能グルーミング！　でも、甘やかしてくれるスラちゃん1号が大好きだよー」

スラちゃん1号は「こ、こら！　言ってるそばから！　もう。甘やかしたりしてませんからね！」とペシペシと和也を触手で叩いた。

そんないつもの光景が繰り広げられ、満腹になるまで食事を満喫した和也は、用意された寝所に入ると、睡魔に引きずり込まれるように夢の国に旅立っていくのだった。

23. 和也は夢の中

「では、少し話を聞かせてもらってもいいですかな？」

マウントがお茶を用意しながら、スラちゃん1号に話しかける。

和也はすでに夢の国に旅立っており、ここにはマウントとスラちゃん1号しかいない。

スレイプニルは檻から馬小屋へと作り変えられた場所で寛いでいた。

マウントからカップを受け取ったスラちゃん1号は触手を器用に動かしながら、美味しそうにお茶を味わう。そして身体の中からお菓子を取りだして、お返しとばかりにマウントに手渡した。

「ありがとうございます。お、これは美味いですな。本当なら酒を用意して慰労会といきたかったのですが、これから真面目な話をするのには向いてないですからね。お茶で我慢と思っていたものの、お菓子があるだけで随分と変わりますな……さて、それでは本題といきましょうか。唐突ですが、和也様が創造神エイネ様の使徒であるとの認識は間違っておりませんよね？」

スラちゃん1号は「そうですね。和也様から聞いた話では、創造神エイネ様に呼ばれて、こちらにやって来たとのことですので間違いないでしょう。ただ、使命があるとは聞いておりません。『魔物と仲良くなったらいいんだって。そのために万能グルーミングをくれたんだよー』と聞かされております。そのあたりが使命かもしれませんね」と触手を動かした。

マウントは少し考え込む。

和也の行動を見ていて感じるのは、この世界の常識と魔物に対する忌避感のなさだ。普通の人間なら魔物は恐ろしい存在であり、遭遇すれば必ず戦うのが常識だ。それが和也は、魔物に自ら近づき、グルーミングまでするのである。

「創造神エイネ様は何を考えて和也殿を召喚されたのだろうか？　人間が勇者や英雄を呼んで歴代の魔王様と戦ったという記録は残っているが、神自らが召喚したとは聞いたこともない……魔物と仲良くなることで何があるんだ？　なぜ、人間側に召喚されずに無の森の最深部に一人でいたのだろうか」

お茶をすすりながら、ブツブツと呟いているマウントを眺めていたスラちゃん1号だったが、カップを揺らしつつ一口飲むと、軽く触手で地面を叩いてマウントの気を引く。

「考えても答えが出ないことを考えても無駄ですよ。そんなことよりも、和也様と出会えたことを喜びましょう。和也様と一緒にいるのは楽しくないですか？　ところで美味しいお茶ですね。お代わりをもらえますか？」と身体を揺すって、スラちゃん1号はお茶の催促をする。

「まあ、そうですな。グルーミングをされた後に、された者同士は意思疎通ができるようになることや、身体がつやつやになるだけでなく、魔力の循環がよくなって進化したと勘違いするのも、その循環した魔力が身体に好影響を与えているのも……すべて気にしないことにしますよ。もちろん、魔王マリエール様には報告させてもらいますけどね」

マウントは苦笑しながらも気になっていることをまとめて伝えた。続いて彼は話を変えて、スレイプニルについて尋ねる。

「そういえば……スレイプニルの扱いはどうされるので？」

スラちゃん1号は「扱いですか？　特に考えてませんよ？　普通に和也様の乗り物として飼う予定です」と返答する。

　マウントは呆れたようにため息をつく。

「いやいや。スレイプニルですよ？　神獣ですよ？　普通は遭遇することなく人生が終わる、そんな物語の中にだけ出てくるような魔物なんですよ。扱いを考え――え？　名前？　なんです、復唱しろですって。『スレイプニルではなくホウちゃんです。和也様が名付けられたのですから間違わないこと』。え、なんで？」

　その後も、スレイプニルがホウちゃんであることを何度も復唱させられたマウントは、困惑しながらも、今後はホウちゃんと呼ぶと誓った。

「そ、それで、スレイ――ホウちゃんは、無の森の拠点で飼育するのですか？」

「当然です。和也様が騎乗したいと言えば、すぐにでも乗れるようにしておかないと。彼の小屋は和也様の屋敷の隣に併設します。たった今、スラちゃん5号に小屋を作るように指示を出したところです」と動きで伝えて、優雅にお茶をするスラちゃん1号。

　マウントは、驚愕の表情を浮かべた。

「たった今？　指示を出したと？」

「ええ、そうですよ。最近は、スラちゃん同士で意思を共有できるようになりました。距離に関係なくできるので便利ですね。もし、マウントさんも誰かに伝言を頼みたいのでしたら、仰ってくださいね」と触手を動かしてマウントに微笑みかける。

「いやいや！　そんな伝説級の魔法みたいなことをしておいて微笑まれても！　もはやスラちゃん殿達と戦ったら完膚なきまでに叩き潰される気がしますよ。いや、絶対に敵対しませんから安心してください。瞬時に命令や指示を距離に関係なく飛ばせるなんて反則でしょう……」

げっそりとした表情でそう言うマウントに、スラちゃん1号は首を傾げるように身体を揺らすのだった。

24．凱旋前のひととき

「ふわぁぁぁぁ、よく寝たー。このお布団はスラちゃん1号が作ってくれたの？　え？　8号が作ってくれたって？　そうなんだー。後でしっかりとお礼をしないとなー」

布団にくるまったまま、和也は目覚めた。

あまりにも布団が快適だったため、身体が凝り固まることはなく、すべての疲れが取れ、朝からエネルギーに満ち溢れている感じがした。

テンション高く、今日の行動を考えている和也に厳しいメッセージが伝えられる。

「そこまでお元気なら早く起きてください。お布団を片付けられないでしょう？　それと、朝ご飯はできていますよ」と動きで伝えて、掛け布団を取り上げるスラちゃん1号。

　和也は頬を膨らませて抗議する。

「俺の幸せ空間がー。ひどいよー。え？　早くしないと朝食が冷めるって？　それは大変だ！　早く起きないと！」

　慌てて起き上がった和也だったが、なぜか万能グルーミングで手袋を作りだすと、スラちゃん1号のグルーミングを始める。

「ちょ！　だから朝食が冷めますから！」と言いたげな触手の動きをしたスラちゃん1号だったが、ため息をつき「仕方ありませんね」と和也に身体を預けた。

「ふふ。やっぱり朝のグルーミングは忘れないようにしないとねー。昨日、スラちゃん1号が頑張ってくれたご褒美だよー。それと今日もよろしくねー」

「もう。仕方ないですね」と受け入れるスラちゃん1号だった。


　食事場所としてセッティングされている隣の部屋では、マウントが鍋をかき混ぜながら一向にやって来ない二人にもどかしさを感じていた。

「早く来てくれねえかな。せっかくのスープが煮詰まってしまうじゃねえか。まあ、寝起きの和也殿がスラちゃん1号殿にグルーミングでもしてるんだろうけどな。ん？　その流れだと俺もグルーミングされるのか？　すぐに引き継ぎができるように、ちょっと火を止めておくか」

スープの鍋を食卓の上に置き、火力を弱めていたマウントのもとに、和也とスラちゃん1号がやって来た。

漂ってくるスープの匂いに、和也が歓声を上げる。

「わー。ものすごく良い匂いがする！　お腹減ったー。マウントさん。ご飯、ご飯食べよう」

「え？　は、はあ。そ、そうですな。すぐに用意しますよ。スープは多めが良いですかな？」

「うん！　いっぱい食べたいから多めにしてほしいな……どうかしたの？　マウントさん」

和也の朝ご飯宣言に、マウントがガッカリとした表情を浮かべる。和也が首を傾げていると、スラちゃん1号が和也の脇腹をつついてきた。

その様子にさらに首を傾げ、和也はスラちゃん1号を抱っこする。

「どうしたの？　スラちゃん1号。お腹でも痛いの？」

「そんなわけないでしょう。私にグルーミングしてくださったのですから、マウントさんもしてもらえると期待されていたのですよ。だから、鍋を火から離しているのです。ですので、食事が終わったら——ね。和也様」と腕の中で動きながら伝えるスラちゃん1号に、和也は微笑んで頷いた。

「そうだね。そうしよう！　マウントさん！　スープは大盛りで！　その後はマウントさんにグルーミングをするからね。真の姿になってもらうよ」

和也の言葉に、マウントの表情が一転して明るくなる。そして嬉しそうにすると鼻をすすりながら、鍋から皿にスープを入れて和也に手渡した。

「はは！　なるほど！　そう来ますか！　問題ありませんよ。俺の真の姿を二度見た奴は、それほどいないですけどね」

「ふははははー。我への挑戦と受け取った！　その強がりがどこまで保つのか楽しみであるぞー。その前にまずは朝ご飯だけどね！」

歓喜のあまりそわそわしだしたマウントを見て、和也は嬉しそうに笑みを浮かべる。

和也は受け取ったスープを一口食べ、そのまろやかさと濃厚さ、さらに喉を通る際の芳醇なる味に、飛び上がらんばかりに感動を表現する。

「美味しい！　ものすごく美味しいよ、マウントさん。すごい！　やっぱりこれは料理人としてデビューするのは間違いないね！　何コレ！　こんなに美味しいなんて。お代わり！　え？　パンをスープに浸けて食べてほしいだって？　ふぉぉぉぉぉ！　え？　え？なにコレ！　ヤバい！　ヤバいですよ」

もはや語彙が尽きたのか、「ヤバい」としか言わずにスープを食べ続ける和也。その様子を、スラちゃん1号とマウントは微笑ましそうに眺めるのだった。

「ふはー。いつも食べすぎるけど、これはダメだね。止める術（すべ）が思いつかなかったよ。ちょっとだけ休憩したらグルーミング始めるからねー」

ポンポンのお腹をさすりながら、和也が満足げな表情で寝転がっている。

一方、マウントとスラちゃん1号は、拠点の解体を始めていた。ホウちゃんは、自らの小屋を解体した後、散歩がてらに近くにいた魔獣を次々と打ち倒しているらしい。

スラちゃん1号は「あらあら。もう、ホウちゃんは仕方ないですね。和也様。私はホウちゃんの調教——躾（しつけ）に行きますので、落ち着かれたらマウントさんにグルーミングしてあげてくださいね」と、荒（あら）ぶるホウちゃんのもとに向かった。

和也は横になったまま膨れた腹をさすって、マウントに告げる。

「おっけー、おっけー。もうちょっと待ってね、マウントさん。俺の真の力を見せてやろう。このお腹がへっこんだ時が汝（なんじ）の最後となるだろう！　ふはははー」

お腹がいっぱいすぎて身動きの取れない和也だが、その状態のままで高笑いを続けるのだった。

「ぐわぁぁぁぁ。やられたー」

「ふはははー。我が力の前にひれ伏すが良いわー」

　真の姿になったマウントが、絶叫を上げて倒れ込む。一方、和也は万能グルーミングで作りだしたブラシを高らかに掲げてポーズを決めていた。

　二人の様子を端から見ている人物がいれば「何してるんだ？」と真顔で確認しそうな状況であった。さすがのマウントも起き上がりながら不満げに言う。

「もうそろそろいいですか？　俺もグルーミングされた身なので、和也殿にはできるだけ協力をしたいのですが……さすがに十回も同じことしていると、そろそろ飽きて――いや、なんと言いますか……」

「あと一回！　あと一回だけでいいから。だからね、よろしくお願いしますよ！」

　マウントの倒れ方が和也のツボに入ったのか、和也は何度もこの小芝居をお願いしていた。最初は気分良く応えていたマウントだったが……回数が進むごとに冷静になっていき、今となっては完全に呆れている。

「次で本当に最後ですよ。そろそろ出発しないと、砦――村で待っている者達が心配しますからね。だから……ぐぁぁぁぁ。まさかの突然のグルーミングとは！　油断も隙もないではないか……ぐっ、これはもうダメだー」

　最後だと、これまで以上に白々しい動きを始めたマウント。

和也がブラシを高速で動かし始めると、マウントはさすがに抵抗できずに、本気で悲鳴を上げて倒れ込むのだった。

そんな様子を遠くで眺めつつ、スラちゃん1号はホウちゃんに近づく。

「ひ、ひひん」

ゆっくりと近づいてくるスラちゃん1号に、ホウちゃんは怯えた表情を浮かべる。

さすがに怯えさせすぎたと思ったのか、スラちゃん1号は優しく触手を動かすと、ホウちゃんの頬を撫でる。

「あらあら。そんなに怖がる必要はありませんよ。ホウちゃんは、ホウちゃんは大人しくしてくれていればいいのです。ですが、和也様を護る際は、思う存分に暴れても構いませんよ」と、スラちゃんはホウちゃんの身体を撫で続ける。

撫でられているホウちゃんは、スレイプニルである誇りを忘れたように、スラちゃん1号の身体に首筋を近づけて従順と親愛を示す。

ホウちゃんはスラちゃん1号から身支度（みじたく）を整えるように言われると、いつでも和也が騎乗できるように身体中に汚れが付いていないか確認した。

スラちゃん1号は「それでいいのですよ。そのまま待機です。しばらくしたら呼びに来ますからね」とホウちゃんに命じ、残っている資材や調理道具などを片付け始める。

そしていつでも出発できる状態にして、和也とマウントの茶番劇を見に行った。

「じゃあ、元の姿に戻りますよ」

「元に戻る時の感じもすごいよね。どうやって一瞬で元に戻れるのか、本当に不思議だよねー」

スラちゃん1号がやってくるタイミングを見計らったように、マウントの身体が光ると元の姿に戻った。

その様子を眺めながら、感心したように頷く和也。

元に戻るにも魔力を使っているとの説明に、和也は自分も魔力が使えるように練習しようと心に誓うのだった。

「余は満足じゃー。本当に楽しかったねー。たまには三人で遊びに来ようねー」

完全に何しに来たのか忘れたかのような和也の台詞に、スラちゃん1号とマウントが苦笑を浮かべる。

その横でホウちゃんが寂しそうにしていた。しょんぼりしているホウちゃんを見て、和也は万能グルーミングで馬用のブラシを作りだす。

「ホウちゃんのことは忘れていないよー。大丈夫だよー。ほらほら、これから俺を乗せてくれるんでしょう？　たてがみがしょんぼりしてるよー。こんな感じで、こうやって、こうするだろう？　ほら！　完璧つやつやマスターの和也さんにかかればお茶の子さいさいなのだよ！」

万能グルーミングの能力を全力で使うように和也の手が高速で動いて、ホウちゃんのたてがみを梳かしていく。

そして、ものの数分も経たないうちに、たてがみは輝きだした。

自分の仕事を満足げな表情で頷きながら眺めていた和也は、スラちゃん1号に向かって号令をかける。

「よし、マウントさんの村に向かって出発しよう。えっと、結局、何しに来たんだっけ？」

「ひ、ひひん？」

「え？　和也様？　冗談ですよね？」

「ふふふ。和也様が乗っているホウちゃんを捕まえに来たんですよ」

ホウちゃんの上で足をバタバタとさせながら、何気なく呟いた和也の台詞に三者三様の反応が返ってくる。

そして一同の表情を見た和也は、小さく舌を出しながら謝罪する。

「ごめん、ごめん。冗談だよー。俺が目的を忘れるわけなんてないじゃないかー。嫌だなー。ははは一。ホウちゃん、出発だー。はいよー」

「な、なんだ冗談ですか。和也殿はお茶目ですなー。で、では出発しましょう」

「ひひん！」

マウントは乾いた笑みを浮かべ、荷物を背負う。そして、ホウちゃんが前進を始める。

スラちゃん1号は荷物を収納して和也の頭の上に飛び乗った。

「ふふ。スラちゃん1号の定位置になりそうだね。じゃあ、村に向かって今度こそ出発進行！」

和也は頭の上に乗ったスラちゃん1号を優しく撫でると、ホウちゃんに身体を預けて元気に再び号令をかけた。

「ひゅーふふふー。ひゅーふふふひゅー」

和也がホウちゃんの上で機嫌よく口笛を吹いている。残念ながら和也には口笛を吹く才能はなかったようで、空気が抜ける音しかしていない。

スラちゃん1号が「お上手ですね。和也様の国の歌ですか？」と、和也の鼻歌に合わせて触手を動かす。横に並んで歩いているマウントが「お上手？　嘘だろ!?」と顔を向けたが、スラちゃん1号からの殺気を感じると、マウントは慌てて視線を逸らした。

「それにしても平和だねー。ホウちゃんが周囲の魔物を倒してくれているからかなー。ありがとうね、ホウちゃん」

「ひひん！　ひひひーん！」

ホウちゃんが和也に褒められて嬉しそうにする。そして、自分の力を誇示するかのように嘶いた。

だが、ホウちゃんが威圧を込めたせいで、隠れていた熊の魔獣が恐慌状態になって襲いかかってくる。

スラちゃん1号が「ふう。ホウちゃんは後でお説教です。マウントさん、お任せしても？」と、左右に身体を揺らしてマウントに依頼する。

ホウちゃんが青い顔をして小刻みに震えると、和也はホウちゃんの身体をさすった。

「大丈夫だよー。マウントさんが倒してくれるから。怖がらなくてもいいよー。いざとなったら俺が守ってあげるから！」

「いやいや。神獣相手に何言ってるんだよ、相変わらず……まあいいか。和也殿！　ホウちゃんはお任せしましたよ。俺はちょっとだけこいつと遊んできますから」

和也の言葉にマウントが小声でツッコミながら、愛用しているハルバードを構え、向かってきている熊の魔獣との間合いを詰める。

そして、鎧袖一触。

「おりゃぁぁぁ！」

熊の魔獣は闇雲に突っ込んできているだけであり、歴戦の戦士であるマウントからすればば隙だらけである。軽く躱しながら首筋にハルバードを振るうだけの仕事にしかならなかった。

速度を落として倒れた熊の魔獣を眺めながら、マウントはハルバードを振って血を払い飛ばす。

「ふん。相手にもなりゃしねえ。スレイプニル――ホウちゃんとの戦いは楽しかったんだがな」

走ってくる和也を眺めながら、マウントは周囲を警戒する。

和也の全力の突撃を受け、さすがに面食らうマウント。自分を見上げる和也の顔はキラキラと輝いている。和也の頭に乗っているスラちゃん１号も誇らしそうにしていた。

「すごい！　格好良かったよ！　なんかブワーンって感じだったね。『ふっ。俺に切れねえ物はないんだよ』って決め台詞が最高だったよ！」

「……いや、そんな台詞は――ふっ！　俺に切れねえ物はねえよ」

「やっほー！　格好良い！」

結局、テンションの振り切れた和也の視線に負け、マウントはポーズまで決めるのだった。

和也が盛大な拍手をしている中、スラちゃん1号は熊の魔獣を解体し、ホウちゃんは周囲の警戒をしつつ草を食(は)んだ。

「ただいまー。お散歩から帰ってきたよー」

和也達が砦に戻ると、ゲパートやタルプ率いる魔族だけでなく、蜂達と一組になったリザードマンも武器を手に整列しており、今まさに出陣しようとしていた。

神獣を討伐しに行ったのを「お散歩」と言う和也にツッコみそうになりながら、マウントは居並(いなら)ぶ魔族達を見て呆れていた。

「おい、なんで第一級戦闘態勢なんだよ。待機しつつ堅守防衛(けんしゅぼうえい)の命令書を出してただろうが」

ゲパートがマウントに詰め寄る。

「マウント様！　あれを命令書というのですか⁉　『ちょっと馬の魔物をスラちゃん1号殿と捕まえてくるから待機。何かあったらマズいから防御はしっかりな』。これが命令書ですか！　それに起きたら和也様もいない。相手は普通の馬の魔物ではなかったのでしょう⁉」

ゲパートはマウントの書き置きを見せつける。

文字は乱雑で、書かれているのはその辺に置いてあったメモ紙。誰がどう見ても、命令書と呼ぶには苦しい物であった。

マウントは笑いながらゲパートが持っていたそれを受け取ると、すぐに破り捨てる。

二人から少し離れた場所では、和也がリザードマンリーダーと喋っていた。ゲパートはそちらへ視線を向けないように努力している。

そんな彼の心情を察し、マウントがゲパートにからかうように言う。

「がっはっは。まあ、無事だったからいいじゃねえか。それよりも――諦めろって。見ないようにしてるみたいだが、あそこにいるのはスレイプニルで間違いないからな」

「言わないでください！　和也様が乗っているのはただの馬ですよね？　脚が八本あっても普通の馬に間違いない、と思い込んでいたのに！」

「だから諦めろって。どこからどう見てもスレイプニルに間違いないぞ。ちなみに名前はホウちゃんだから間違うなよ。和也様の命名だ。スラちゃん１号殿に怒られるぞ」

ゲパートは受け入れがたい現実を告げられ、膝から崩れ落ちるのだった。

25. 凱旋後の宴会

「ふはー。やっぱり働いた後のお風呂は最高だねー。もう、勢いよく泳いじゃうよ」

和也が、お風呂の中で平泳ぎをして楽しそうにしている。

砦へ戻ってきた和也とスラちゃん1号は疲れを癒すため、ゲパートが用意してくれたお風呂に入っていた。

これは和也のために作られたお風呂で、巨大な浴槽のお湯を沸かすために火の魔石が贅沢に使われている。浴室内には、飲み物まで完備されている手の込みようであった。

スラちゃん1号は「和也様。お風呂で泳いだらダメですよ」と動きで伝えながら、冷たい果実水を和也に手渡す。

怒られた和也は申し訳なさそうにしながらも、手渡されたジュースを一気に飲み干した。

それから万能グルーミングで手袋を作りだし、スラちゃん1号の身体を優しく撫で始めた。

「いつもありがとうね。スラちゃん1号がいてくれるから、俺は好き放題にできるよ！　うりうりー。ここか？　ここがいいのじゃろうが。わかっておる。グルーミングマスターに近づきつつある俺にはすべてがわかるぞー」

感謝の気持ちを込め、優しくグルーミングをしていく和也。それを気持ちよさそうに受けているスラちゃん1号。二人だけの静かな時間はゆっくりと流れていくのだった。

その後しばらくして。

「そんな説明で納得できるわけないでしょう！　スレイプニルですよ！　マリエール様やフェイ様にどのような報告をすれば良いのですか⁉　え？　たてがみを分けてもらえですって？　無理に決まってるでしょうが。スレイプニルに話しかけるなんて――」

「だからホウちゃんと言えと――」

マウントから事の経緯を聞いていたゲパートは、納得がいっていなかった。さっきからマウントが適当なことばかり言っているように感じたからだ。マウントは全員から白い目で見られている。

その視線を感じ取り、マウントが真剣に説明を始めようとしたところ――

「ちっ！　しっかりと聞けよ。まず……」

「みんな、注目ー。これからホウちゃんの紹介を始めるよー」

お風呂から上がってきて上機嫌の和也がマウントの話を遮り、みんなに声をかけた。皆の視線が和也に一斉に注がれる。

「おおー。和也様が説明をしてくださると！」

「見ろ、スレイプニルが従順だぞ」

「ホウちゃんと言わないと、スラちゃん1号殿に怒られるぞ」

「キシャー！　キシャー」

「きゃぅぅぅ！」

「にゃー！」

全員がマウントのもとから離れ、和也のところに集まっていく。その光景をマウントは唖然として見ていた。

「おい、お前ら。俺の話はもう良いのかよ？」

ふてくされているマウントを不思議そうな顔で見ていた和也だったが、一同から期待に満ちた視線を向けられていることに気づき、話を始める。

「ホウちゃんだよ！　皆の仲間になったから、これからよろしくね！」

「「……え？」」

和也の説明はそれだけであった。

ドヤ顔の和也と、胸を反らすホウちゃん。皆はその光景をじっと見ていたが、さすがによくわからない。

和也へとツッコミを入れ始める。

「「いやいやいや！　紹介それだけですか⁉」」

「きゃううう！」

「みゃー！」

「キシャアアア」

皆から総攻撃を受け、和也はキョトンとしてしまう。そしてホウちゃんの方へ顔を向ける。

「え？　紹介時間が短かった？　じゃあホウちゃん、自己紹介してよ」

「ヒヒン？　ブルゥゥゥ！」

突然の和也からの振りに、ホウちゃんが驚いた顔をした。しかし気を取り直したように嘶（いなな）くと、再び胸を反らす。

ホウちゃんから放たれた威圧に、魔物達がパニックになってしまった。すかさずスラちゃん1号が現れ、触手を鋭い勢いで地面に叩きつける。

そして、触手をバシバシと動かして「前に言ったことを忘れたのですか？　怖がった子達が暴れて和也様に怪我をさせたらどうするのですか？　ホウちゃんは責任を取れるのですか？　取れないですよね？　和也様は至高の存在にして唯一無二なのですよ。その御方が怪我をすると考えるだけで――」とまくし立てる。

「ひひん」

「ごめんなさい！」

「すまねえ！」

「申し訳ありません！」

「きゃう……」

「にゃぁぁ……」

「きしゃぁぁ」

なぜかホウちゃん以外も身を寄せ合い、震えながら謝罪した。当然ながら和也もその中に入っている。また、ホウちゃんは完全に白目を剥いて腹を見せていた。こうなっては神獣の威厳も何もない。

スラちゃん1号はプリプリとして「和也様まで！　皆さんも怯えないでください」と身体を上下に動かした。

一同は、スラちゃん1号に機嫌を直してもらうように必死になるのだった。


それからしばらくして――

「良かったー。スラちゃん1号の機嫌が直ったー」

和也は心の底からホッとしたような表情になった。

少し離れた場所ではホウちゃんが、魂が抜けたような、神獣として見せてはダメな顔になっていた。

そんな神獣の姿に、砦にいた一同は逆に親近感が湧き、またちびスラちゃん達が甲斐甲斐しくホウちゃんの世話をしている光景も、ホウちゃんへの親近感を高める一助となっていた。

ホウちゃんを、ゲパートが必死に慰めている。

「え？　たてがみをくれると？　いいのですか？　神獣にとってたてがみは大事だと。え？　スラちゃん1号が渡すように言っている。浅慮な私には短いたてがみが似合っている？　いやいや！　自信持ってくださいって！　スレイプニルですよ。神話の神獣であり、物語でしか知らなかった存在ですよ。最初に会った時のように胸張ってください！」

「ぶるる……」

あまりにも自分を卑下しているホウちゃん。

スラちゃん1号の怒りを受け、かなり応えたようで、ホウちゃんはちびスラちゃんに頼み込んで自慢のたてがみを短くするのだった。

❖　❖　❖

ホウちゃんを迎え入れる宴が始まり、和也が相変わらず暴走する。

そしてスラちゃん1号が和也に怒ったり、呆れたり、献身的にサポートしたりする。

周りの者は食事を楽しんだり、ホウちゃんに挨拶をしたり、高所からの落下時に綺麗に回転する方法を議論したりなど、それぞれが好きに過ごしていた。

なぜかホウちゃんとゲパートは気が合ったらしい。

「ぶるるる……」

「いやいや！　だからホウちゃん殿は神獣ですってば！　まずは、そこから認めましょうよ！　さあ、嫌なことは忘れて飲みましょう！」

酒樽を囲みながら、場末の酒場で慰め合っている感じになっていた。その周りを、ちびスラちゃん達が甲斐甲斐しく飛び回っており、おつまみや酒などの追加を行っていた。

酔っ払いつつあるゲパートが、ホウちゃんの胸を叩きながら言う。

「ちびスラちゃん殿！　なんて素晴らしい対応！　魔王城にいる執事やメイドにも負けない働きですよ！　ヒック！　四天王付きの副官になって一度、お世話になりましたが、ヒック、全然負けない働きですよ！　ねえ、ホウちゃん殿も、ヒック、ヒック、そう思うでしょう⁉」

「ひひーん」

酒樽に頭を突っ込んで酒を飲んでいるホウちゃんだったが、首を上げると、ちびスラちゃんに向かって大きく頷いて「自分もそう思う」と同意する。

喜んだちびスラちゃん達は十体ほどが寄り添うと、スラちゃん1号の大きさになった。

「ひ、ひひん！」

ちびスラちゃん達からすれば、ちょっとした余興のつもりだったのであろうが……ホウちゃんからすれば酔いも醒めるフォルムであり、青い顔をしてプルプルと震えだした。

そんな様子に、ちびスラちゃん達は慌てて分離すると、触手を出しながらホウちゃんを慰め始める。

「ごめんなさい！　そんなにビックリするなんて思わなくて！」との感じでホウちゃんにまとわりつくちびスラちゃん達。

「ヒヒン」

問題ないと言いながらも憔悴した顔をしているホウちゃんに、ゲパートが新しい小さめの酒樽を持ってきた。そしてホウちゃんに飲むように勧める。

「さあ、ホウちゃん殿。これは蜂蜜から作ったお酒ですよ。かなり上品な味に仕上がっておりますので試してください。本当に運が良い。女王蜂がいて、発酵ができるちびスラちゃんがいたのですから。ねえ。ちびスラちゃん」

ゲパートが話しかけた先には、蜂蜜酒を作ったちびスラちゃんがいた。そのちびスラちゃんは触手を伸ばしてふんぞり返っている。

その横では働き蜂が嬉しそうに飛び回る。

そんな様子を見ながら、ホウちゃんは気分を入れ替えてゆっくりとした動きで蜂蜜酒を味わい始めた。

ホウちゃんは「こ、これは濃厚な甘口のタイプ。そして、まさか凍らせてあるとは。このシャリシャリ感は格別ではないか。それを一晩で作ったと言うのか……和也様の配下は人材豊富だな。ゲパート、お主も早く飲まぬか。この格別な風味は他では味わうことはできんぞ」と、言いたげに嘶く。

勧められるままにカップに蜂蜜酒を入れて味わうゲパート。作成時に少しだけ味見をしていたが、改めて飲むと素晴らしき芳醇さにため息が出る。

「うーん、やはり美味い。これほどの味を出せるのは素晴らしい蜂蜜と、ちびスラちゃんの発酵技術のお陰でしょうね。これはマリエール様にも献上したいですね。え？　和也様から『マリエールさんってお酒好きなの？　いいよー。いっぱい作ってあげてー』と許可をもらっているですって？　なんと……和也様は慈愛に満ち溢れている方なのだろうか。ここにある分はホウちゃん殿と飲ませてもらいます！」

「ひひーん」

良い感じで酔っ払っているホウちゃんとゲパートは、次々と用意される蜂蜜酒とつまみを満喫しながら、和也の素晴らしさを語り合うのだった。

一方その頃、別の場所では――

「ホウちゃんとゲパートさんは仲良くやっているようだねー。俺達も楽しむぞー」

「はっはっは。あっちは、あいつに任せておけばいいでしょう。さあ、和也殿も――おっと、そうでしたね。和也殿はお酒は飲めないんでしたね。では果実水を」

「ありがとうー。飲めないとは言わないけど、俺が飲もうとするとスラちゃん1号が止めるんだよねー」

マウントがお酒を勧めてきたが、和也は申し訳なさそうに断る。

どうやら昔に何かやらかしたようで、和也がお酒を飲もうとすると、スラちゃん1号がさりげなく止めに来るようであった。

そんなスラちゃん1号にマウントがカップ片手に近づく。

「どうです？」

「そうですね。たまには良いのかもですね。でも和也様に勧めたらダメですよ。和也様が酔っ払うと、誰彼構わずグルーミングを始め、終わりがありませんから。あの時は天国と終わることのない永遠の楽園を感じましたよ。もう、それこそ戻ってこられないと感じるほど」ということを動きで伝えるスラちゃん1号。

「そ、そんなにですか……」

当時のことを思い出して遠い目をしているスラちゃん1号に、マウントは若干引きながら、和也に目を向ける。

そこにはカップ片手に机に突っ伏したまま、夢の国に旅立っている和也がいるのだった。

26．新たな騒動が始まる

スレイプニルことホウちゃんが仲間になり、三か月が経った。

その間に、拠点拡張や街道整備、生まれた犬獣人や猫獣人の名付けなどがあり、当然のことながら和也は毎回暴走していた。

また、仲間入りしたリザードマンと蜂達の住処も増設され、川沿いの猫獣人達の村が彼らの拠点として割り当てられた。

ホウちゃんに乗った和也が、養蜂をしていたリザードマン達に話しかける。

「どう？　住み心地は？　気になることがあったら言ってね」

「キシャー！　キシャシャシャー！」

「にゃー！」

彼らの仕事は、蜂蜜の採取や女王蜂をはじめとする蜂達のお世話、そして巣の清掃やお手入れ、その他にも猫獣人達の護衛や遊び相手と多岐にわたっていた。

日々忙しい中での和也訪問であったが、彼らにとっては嬉しいイベントだった。和也は盛大に歓迎され、さっそく宴会が始まることになった。

「え？　これが蜂蜜を使った料理なの？　へー、お肉に蜂蜜を塗ると光沢(こうたく)が出るって？知らなかったー。今度、マウントさんに教えてあげよう。料理人としてのスキルが上がるよねー」

和也の中でマウントは、料理人兼(けん)四天王との認識になっており、その割合は料理人比率が八割を占めていた。

また拠点ごとに小料理屋を出す計画もあり、和也は総支配人としてマウントを選抜(せんばつ)することを決めていた。

もちろん、本人には許可を取っていない。

スラちゃん1号が「確かに良い味ですね。それと見た目も素晴らしいです。女王蜂さん、蜂蜜の生産量はどのくらいですか？」と触手を動かしながら確認する。

質問を受けた女王蜂は近くにいたリザードマンリーダーに確認するように伝える。

どうやら、リザードマンと蜂の中で役割が決まっていて、生産管理はリザードマンが担当しているようであった。

「キシャー。キイシャシャシャ」

毎日、小さな瓶に二つほど採れるとの報告を受けたスラちゃん1号は、女王蜂に増産が可能かと問いかける。

するとと女王蜂は恥ずかしそうにしながら、和也のことをちらちら見始める。

「ん？　どうかしたの？　え？　俺にグルーミングをしてもらったら蜂蜜の増産ができそうだって？　もちろんいいよー。こんなに美味しい蜂蜜が採れるなら、喜んでグルーミングするよー。まあ、そんなことがなくてもグルーミングするけどねー。前と同じ道具でいいかな？　いでよ！　万能グルーミング！」

和也は女王蜂からの要請に快く頷くと、万能グルーミングで大きな綿棒を作りだす。そして腕を取り、関節の隙間に優しく綿棒を差し込むとゆっくりこすり始めた。

「ふんふふーん。おお、汚れが出ておりますなー。これはいけませんよー。しっかりとお手入れしなくてはー」

和也の手さばきに、嬉しそうに羽を動かす女王蜂。

それを見ていたスラちゃん1号は「仕方ないですね。本当なら順番なのですよ。蜂蜜の増産はしっかりとしてくださいね」と上下に弾みながら女王蜂に伝える。

当然とばかりに大きく頷く女王蜂に、スラちゃん1号は蜂蜜の生産量を三倍にしてと伝えた。

「いやー。女王蜂さんや蜂ちゃん達のグルーミングも良いけど、リザードマン達の感触も素晴らしいですなー。あれ？　そう言えば名前付けてないよね？　良かったの？　え？　畏(おそ)れ多い？」

リザードマンにグルーミングをしていた和也が、唐突に手を止めて尋ねる。順番待ちをしていたリザードマン達だったが、和也の言葉にひれ伏す。

スラちゃん1号が間に入り、「もっと活躍してから改めて名付けてほしいそうですよ。蜂さん達も同じだそうです」と彼らの意向を伝えてあげる。

「そうなの？　そんなの気にしなくても良いのにー。だが、その心意気や良し！　我のために働くのであるー。褒美はグルーミングじゃー！」

和也はそう言うと、突然立ち上がる。

キョトンとしていたリザードマン達だったが、意味を理解すると声を上げた。近くにいた蜂や猫獣人達も同調するかのように雄叫びを上げる。蜂達はホバリングをしながら、羽を激しく動かしていた。

「うむうむ。皆の者、励(はげ)めよ」

和也は自分でも何のキャラを演じているのか、わからなくなってきた。

そんな時、彼のもとに急使がやって来る。しばらく拠点にいなかったマウントの元副官のセンカである。

彼は和也を見つけると、満面の笑みを浮かべて走り寄った。

「和也様！　ご無沙汰しております！　このセンカ。和也様にお目にかかるまで一日千秋の思いで過ごしておりました。そのために急使の役を引き受け――」

「久しぶりー。センカさんじゃん。元気にしてた？　と言いながらの、グルーミング開始だよー」

テンション高いセンカの様子に、和也は万能グルーミングでタオルを作りだすと、汗を拭ってあげた。

和也からのグルーミングを期待していたセンカだったが、汗を拭ってもらえるとは思っておらず歓喜の声を上げる。

「なんと！　和也様に汗を拭いていただけるなんて。ぬわぁぁぁ、そんなところまで！幸せが溢れ出しますぞー……はっ！　私は急使でした。魔王マリエール様からの言葉です。和也様のご訪問はいつになるか教えてほしいと」

「……あっ！　完全に忘れてたよー」

センカの言葉に、和也は「あちゃー」との表情を浮かべた。そして頬を膨らませると、スラちゃん1号に抗議する。

「スラちゃん1号はマリエールさんと会う話を覚えていたの？　えー教えてよー。俺だけが知らなかったの？　酷いー。え、準備ができたら言うつもりだった？　だったらいいよー。ビックリしたよー。仲間外れにされたかと思った」

スラちゃん1号は「準備は万端です。後は先方からの連絡を待っていただけですよ」と触手を動かした。和也はセンカに笑顔を向ける。

「センカさん。マリエールさんにいつでもＯＫ！　バッチリ行けるよーって、伝えてくれる？」

「ああ、それでしたら和也様が出発された時点で、一番の早馬を出しますので大丈夫ですよ。それと、魔王領への案内は、当然ながら私が同行しますのでお任せください！」

センカが胸を張って伝えてきたことに、和也が嬉しそうな顔をする。

その後、猫獣人達の拠点にて。

ホウちゃんにまたがった和也が、集まった猫獣人達に向かって声高らかに宣言する。

「みんなー。魔王マリエールさんのところに遊びに行くから、一緒に行きたい人はスラちゃん1号に連絡してねー。じゃあ、俺は拠点に戻るから。ねえ、スラちゃん1号、出発はいつになるの？　え？　七日後に出発するの？　だってー。みんなよろしくね」

勢いよく宣言した和也に、その場にいた一同が目をキラキラさせた。どう見ても全員がついていく感じだったが、和也はまったく気づいていない。

こうして、誰が居残りになるかを決める熱い戦いが始まった。

以前に和也と行った魚獲りが種目として選ばれ、その戦いの上位五十名が参加することとなるのだった。

まさか参加者が猫獣人だけで五十名にもなるとは思っていない和也は、犬獣人達やマウントの拠点だけでなく、自らが住んでいる拠点でも募集してしまうのだったが……

そして瞬く間に、一週間が過ぎた。

「ふわぁぁぁ、よく寝たー。どう？　俺と一緒に魔王領に行きたい子は集まった？」

目が覚めた和也が目をこすりながらスラちゃん1号に確認すると、スラちゃん1号は何も言わずに触手で広場を指さす。

そこには、無数の魔物達が一糸乱れぬ状態で並んでいた。

和也はテンション高く、声を上げる。

「おお！　すごい！　皆、俺についてきてくれるの？　大名行列みたいだねー。なんかものすごく豪華な感じがするけど気のせいじゃないよね？」

マウントは引きつった笑みを浮かべている。その横で、妻であるアマンダも乾いた笑い声を上げていた。

娘のルクアは、目の前に広がる壮大な光景に唖然としていた。

「す、素晴らしいですわ。こんな立派な軍団を用意できるなんて、さすがは和也様ですわ。ねえ、お父様もお母様もそう思われ――どうされましたの？」

マウントとアマンダが、ルクアに生温かい目を向ける。

「よし、ルクアを同行させよう」

「良いわね。社会勉強をするのもいい経験になるわね」

驚いて言葉を失っているルクアは放っておき、マウントは改めて和也に随行する一同を眺めて、ため息をつく。

「こんな大軍を用意して、どこに攻め入る予定なんだよ。しかもあいつらの装備って、ミスリルとコイカの糸で造られてるよな？　武器も……あの先端はオリハルコンに見えるぞ」

「間違いなくオリハルコンよ。あの軍勢に攻め込まれたら……そうね、王都決戦になるでしょうね。各地の戦線を後退させて王都に戦力集中させるわ。前線には防御力のある貴方を投入するから、玉砕してね」

「いやいや。俺でも二日しか持たないぞ？」

四天王マウントを使い潰す作戦を立案したアマンダに、マウントはその見込みすら甘いと断言する。そんな会話が冗談に聞こえないほど重厚な軍団が、彼らの目の前にあった。

「それと、あれは反則だよな」

「ええ。そうね」

和也が騎乗しているホウちゃんを見て、二人が達観した表情を浮かべる。それほどホウちゃんの姿は華麗であり、まさに王が乗るに相応しいと言えた。


「本当にマウントさん達は居残るの？　一緒についてくればいいのにー」

ホウちゃんに跨がった状態で和也が尋ねると、アマンダとマウントが答える。

「いえいえ。留守番がいないと何かあった時に困るでしょ？　なので、私とマウントは残りますわ。和也様のお世話はルクアに任せますので、なんなりと申し付けてください」

「ほとんどが和也殿についていきますからね。残り少ない人数でしっかりと守りますから安心してくださいよ、スラちゃん1号殿もご心配なく！」

スラちゃん1号が「そこは心配しておりませんよ。後はすべてお任せします」と和也の頭上で弾んだ。スラちゃん1号もこの機会のために着飾っており、エンシェントスライムの名に相応しい佇まいであった。

「スラちゃん1号も格好良いよねー」

スラちゃん1号は嬉しそうに弾み、「そんな王妃みたいに可憐だなんて照れるじゃないですか！」と触手をふるふると動かした。スラちゃん1号の頭上では、和也が作ったアクセサリーが輝いている。

スラちゃん1号が触手を動かして「和也様。号令を」と伝える。すると和也は大きく頷き、ホウちゃんの上に立った。

そして大声で告げる。

「うむ。皆の者、出発するぞー。ようそろー。面舵いっぱいー！」

この場にいる誰にとっても理解不能な号令だったが……

スラちゃん1号が触手を振り下ろすと、号令を待っていた一同はゆっくりと行軍を始めるのだった。

27．魔王領に向かう和也達

「それにしても、素晴らしすぎる陣容ですわねー。ご一緒させてもらっているのが畏れ多いですわ」

ルクアが馬に乗りながら、和也達一行を眺めて呟く。それを聞いたセンカは大きく頷くと、口を開いた。

「そうですな！　さすがは和也様の精鋭部隊です。まさに神の領域！　それにあちらを見てください。和也様の頭上で光り輝くスラちゃん1号様の威光。まさに最高の伴侶！　あの御方が和也様と一緒にいる限りは――おっと失礼。ルクア様もお妃候補でしたな」

センカはテンション高く和也とスラちゃん1号を褒め称えているうちに、地雷を踏んだことに気づき謝罪する。

「……いいですわ、センカ。スラちゃん1号様に認めてもらえるまで、死に物狂いで頑張りますわ。まずは、掃除、洗濯、狩り、裁縫に淑女としての嗜みをマスターします。それから和也様の行動をすべて理解する必要もあるとのことです。スラちゃん1号様から『何も考えずに受け入れることを和也様は喜ばれません』と教えていただいております！　このアドバイスは、先の展開を期待してもいいと、スラちゃん1号様からのお言葉だと思っておりますわ！　張り切って頑張りますわよー」

「私も和也様のお気に入りになれるように頑張りますぞ！　えいえいおー！」

「おーですわー！」

手を突き上げて気合いを入れるセンカとルクア。

そんな二人を見て、スラちゃん1号は楽しそうにしていた。スラちゃんの機嫌が良さそうなのに気づき、和也は声をかける。

「どうかしたのー？　なんか嬉しそうだねー。良いことでもあった？　あっちではセンカさんとルクアさんが楽しそうに話をしているねー」

和也が頭上で機嫌良くしているスラちゃん1号に手を添える。そして、万能グルーミングで手袋を作りだすと優しく撫でてあげた。

スラちゃん1号が「そうですね。あの二人は有望なので、ぜひとも頑張ってほしいですね」と触手を動かして、和也のグルーミングを嬉しそうに受ける。

そのやりとりを見て、ホウちゃんが羨ましそうに嘶（いなな）く。

「ぶるるるー」

「んんー？　何かね？　君もグルーミングをしてほしいのかね？　良かろう！　そんな汝のためにグルーミングをしてあげようではないか。いでよ！　万能グルーミング！　ホウちゃんの上にいるから軽い感じでのグルーミングだよー」

そう言って、馬用のブラシを作りだした和也。

左手では手袋を維持したままスラちゃん1号を、右手ではブラシを巧（たく）みに動かしながらホウちゃんをグルーミングしていく。

馬上で両手を離している危険な状態だったが、ホウちゃんは揺れが少なくなるように歩き、スラちゃん1号も触手を伸ばして和也を支えていた。そんな至れり尽くせりな状態のまま、和也はグルーミングを続けた。

全員が幸せな時間が続いていたが、急に終わりを告げる。

少し緊張した顔のイーちゃんがスラちゃん1号のもとにやって来て、息を切らせて報告する。

「きゃぅぅぅ！　きゃうきゃう！」

スラちゃん1号が「どうかしましたか？　魔物が前方にいるですって――確かに前方に魔物の群れがいるようですね。どうしましょうか、和也様？」と和也に問いかける。

「そうなの？　仲良くなれる魔物なの？　えー？　仲間にはなってくれないのー。エイネ様から万能グルーミングなら、すべての魔物と仲良くなれるって聞いていたのにー。前から思っていたけど、無理な子もいるんだねー」

そう言って残念そうにしている和也を見ながら、スラちゃん1号は次々と指示を出していった。

スラちゃん1号の指示によって一糸乱れることなく的確に陣形を作っていく軍勢を見て、ルクアとセンカは呆然としていた。

「……はっ！　な、なんでここまで統率されているのですか？」

「絶対に、ええ、絶対に和也様の部隊と戦闘をしてはいけませんな。なぜ無言のままで連携して動けるのです？　それにまったく音がしないのは？　え、訓練すればできるようになると？　おお、スラちゃん1号様」

指示を出し終えたスラちゃん1号がセンカの側に来て、彼の疑問に答えてくれた。しかし、それでもセンカは納得いかない。

「いやいや、無理ですよ。さすがは和也様の配下の方々ですな！　普通なら無理なことを軽くこなしてみせる。え？　そんなことは良いから、ここで休憩にするので準備をするようにですと？　我らは戦いに参加しなくても――そうですか。しなくていいですか。まあ、あの練度を見てはそうでしょうとしか言えませんな」

　結局、センカはすべて和也の威光のお陰であると解釈した。

　続いて、そんなことよりも戦闘後に食事をするので、そちらの準備をするようにとスラちゃん1号に伝えられたので、慌てたように次々と指示を出す。

「おい！　スラちゃん1号様のご命令だ。早急に休憩場所を構築する。一班は薪の準備、二班はかまどの作成。三班は調理の準備を始めろ。ああ、肉は問題ない。ちびスラちゃん殿が大量に運んでくれている」

　その間にも部隊は小隊レベルに編成されていき、紡錘陣形になった。それを見たスラちゃん1号が触手を振り下ろす。

　それが合図となり、獣人やリザードマン達が鬨の声を上げることなく、低い姿勢のままで風が過ぎ去っていくように魔物に向かっていく。

　あまりにも統率された軍隊の動きに、センカは「これも魔王様に報告した方がいいな」

と薪を抱えながら小さく呟いた。

和也の拠点と魔王領辺境との中間辺りを活動範囲としている魔物達がいた。その種族は強力な腕力で他の魔物を支配下に置き、長く繁栄を続けていた。

そうした繁栄に、終わりが告げられようとしている。

いつものように奴隷のようにこき使っている魔物から奪った食料を、貪るように食べていた、ライオンのような頭をしたボスに一報が入る。

縄張りに大人数の魔物が侵入したらしい。

かなり強力な一団のようで、特に中央にいる魔物は今まで見たことのない巨大な馬の魔物とのことであった。

報告を受けたボスは、その馬は自分が乗る馬に相応しいと考えた。部下が「強力な魔物ですが……」と進言すると殴りつける。

自分より強い魔物など存在しない。そう思っているボスは精鋭部隊を集め、武装するように命じる。

今まで負けを知らない一同は、出陣を命じたボスの声に鬨の声を上げて応えると、我先にと駆けだしていった。

「接敵(せってき)するまであと少し」

斥候(せっこう)の言葉に部隊長を任されていたイーちゃんが小さく頷くと、一度部隊を止め、命令を伝える。

「きゃう！　きゃうきゃうきゃう！」

イーちゃんの号令に武器を鳴らして応えた先頭部隊の二小隊が勢いよく走りだす。そして、敵と切り結ぶことなく駆け抜けた。

魔物のボスは、敵軍が何もせずに駆け抜けていったことに首を傾げていた。そして臆病風に吹かれたと結論づけて高笑いする。

ボスが逃げた敵への追撃を命じ、あざ笑いつつ振り返った瞬間――

「にゃー！」

「キシャー！」

「きゃうきゃう！」

後続の部隊が目に入った。

可愛らしい見た目の犬獣人と猫獣人、裸同然のリザードマン。ボスは軽く迎撃ができると思った。

そんなボスの予想を裏切るように、部下達が次々と倒れていく。

典型的な中央突破を許し、混乱状態になっていると――気づけば包囲されていた。最初に走り抜けた小隊が背面展開して逃げ道を塞いだのである。

そこからは、一方的な殲滅戦となる。

力自慢の剣技は相手に流され、当たったとしても傷一つ付けることができない。逆に犬獣人達の攻撃は、魔物達の防具を紙のように切り裂いていく。

途中で逃げだそうとする者もいたが、逃げ道はなく、運良く包囲網を突破した者も上空で待機していた蜂達に刺されて絶命していった。

最後まで何が起こっているのか理解できなかったボスは、部下達と一緒に倒されてしまうのだった。

ホウちゃん、スラちゃん1号、センカ達の部隊に守られつつ、和也は戦闘に向かったイーちゃん達を心配していた。

しばらくすると、誇らしげなイーちゃん達が帰ってくる。

「お疲れー。どうだった？　怪我した子はいない？　完勝で無傷なの？　すごいー！　皆、強いねー」

「きゃうきゃうきゃう！」

「にゃにゃにゃにゃにゃー！」

イーちゃんとネーちゃんは、何かを言い争っていた。

どうやら、どちらが武勲(ぶくん)を立てたかで揉めているようで、徐々にヒートアップしていた。つかみ合いに発展しそうな二人の間に和也が割って入る。

「喧嘩(けんか)は駄目だよー。せっかく敵をやっつけたんだから、味方は仲良くしないとー。いでよ！　万能グルーミング！」

和也は両手にブラシを作りだすと、イーちゃんとネーちゃん二人同時にグルーミングを始める。

縦横無尽に動くブラシの威力に、先ほどまで悪鬼羅刹(あっきらせつ)の働きをしていた二人が可愛いペットに早変わりする。

「きゃううう」

「にゃぁぁぁ」

「ね、喧嘩はやめようね。皆で頑張ったんだからー」

気持ちよさそうに尻尾を動かしているイーちゃんとネーちゃんを見ながら、和也は嬉しそうにグルーミングを続けた。

そこへ、スラちゃん1号が触手を動かして「和也様。こちらで休憩を入れようと思います。この子達が狩りで獲ってきた肉はちびスラちゃん達が血抜きをしてますし、美味しい状態に加工済みですよ」と伝えてくる。

ちびスラちゃん達が運んできた肉は、血抜きも解体も終わっており、焼けば食べられる状態になっていた。

「そうなの!? だったら、いつもやってるみたいに、焚き火の上でお肉をグルグル回したい！」

肉を見て和也がテンション高く叫ぶと、スラちゃん1号は「わかってますよ」と言いたげに身体を動かしながら、用意されたかまどに向かうのだった。

「美味しー。やっぱり、労働の後のお肉は格別だよねー。みんなも遠慮しないでたくさん食べてねー」

和也の言葉を受け、戦闘をした者が最初に食事を始める。

その後も次々と肉が焼かれていき、全員が満足するまでとの和也の言葉で、肉は焼かれ続けていく。

「我々もご一緒しても良かったのでしょうか？」

センカやルクア達が申し訳なさそうに、会場の隅っこで肉を突いていた。

二人は今回の戦闘では何も役立っておらず、宴会場の設営をしただけだったので、最初は宴会に参加すること自体も遠慮していた。

「当然だよー。センカさんやルクアさん達が祝勝会の場所を作ってくれたじゃないかー。気にしたら駄目だよー」

和也がお肉を頬張りながら言うと、センカは目を潤ませるのだった。

28．その頃の魔王領

「ようやく出発してくれたと？」

「はっ！　スラちゃん1号殿から準備が整ったので向かったとの伝言を預かっております」

「それは吉報ですね。和也殿を迎え入れる準備を早急に始めないと」

四天王筆頭のフェイが、ひざまずくセンカの部下を見ながら、少し安堵した表情を浮かべて報告を聞く。

玉座から眺めていた魔王マリエールが静かに問いかける。

「それで、その動きはなんだ？」

「はっ！　スラちゃん1号殿の触手の動きを再現し――」

「なんでよ！　その動きは必要ないよね⁉　なんで『え？　必要ありませんか？』みたいな驚きの顔をしてるの⁉」

全身を使ってうねうねと動きながら報告するセンカの部下に、マリエールが全力でツッコむ。

キョトンとしているセンカの部下に、続けてツッコミを入れようとしたマリエールだが、周囲の視線に気づくと厳か（おごそ）に告げた。

「報告ご苦労。和也殿が来るまで休息するが良い。こやつの対応を頼む。和也殿が来られた際の出迎えも頼むぞ」

「はっ！　魔王様のお心遣いありがたき幸せでございます。では失礼します」

センカの部下が退出し、玉座の間は静けさを取り戻す。そんな中、四天王の一人である風のカウィンがマリエールに問いかける。

「魔王マリエール！　なぜ人間ごときにそこまでへりくだる必要があるのです！　さっさと殲滅してしまえば良いではありませんか」

最近まで遠征し、南西方面の反乱魔族を鎮圧（ちんあつ）してきた武闘派のカウィンからすれば、和也なる人間など矮小な存在に感じられた。

　マリエールが告げる。

「カウィン。忠実(ちゅうじつ)なる風の四天王よ。そなたの意見には一理ある。脆弱な人間ならそれでも良いだろう。しかし、和也殿には、エンシェントスライム、ハイドッグに、ハイキャット。フェンリルモドキにスレイプニルまでいる。お主の力なら互角に戦えるか？」

「エンシェントスライムやスレイプニルを単独で倒すのは厳しいでしょう。しかし、魔王軍で迎え討てば――」

「そして甚大な被害を出すか？　エンシェントスライムやスレイプニルの強さを知らぬお主でもあるまいに」

「ぐっ。確かにその通りですが……」

　言い返せず、言葉に詰まるカウィン。

　エンシェントスライムやスレイプニルだけでなく、自らの部下に欲しいとさえ思うハイドッグやハイキャットを従える和也とは何者なのか。

　興味が湧いたカウィンはマリエールに尋ねる。

「その和也なる人物はどのような御仁(ごじん)で？」

「一言で説明するなら、『世間知らず』で終わるな」

「は、はあ」

さすがに戸惑った返事をするカウィン。マリエールの情報が足りないと感じたフェイが補足をする。

「圧倒的な戦力だけでなく、それを支える兵站や財力を持っているわ。ハイドッグが全力で荷車を引いても大丈夫なくらいに、街道が整備されているそうよ。それだけでなく、魔王マリエール様への貢ぎ物も多いわ」

「ほう。それは服従しているとのことか？」

カウィンの質問に、フェイは苦笑交じりに首を横に振る。

「いいえ。友好の証よ。ただ、それだけにしては価値が恐ろしいですけどね」

「ああ。あれはな……」

フェイとマリエールが顔を見合わせてため息をつく。貢ぎ物をもらっているのに、嬉しそうな顔をしていない二人に、カウィンが首を傾げた。

「なぜ、そのような顔をするのです？　そこまで価値のある物を貢ぐ相手なら、さらに求めればもっと渡してくれるのでは？」

「「ダメに決まってるでしょうが！　何を考えてるのよ！」」

二人同時に威圧が入った声をぶつけられ、カウィンが思わずよろめく。

周りにいた文官達も、余波で腰が抜けた状態になっている者や、気絶する者まで現れる始末だった。

「ともかく……よいか、カウィン。和也殿と仲良くしろ。これは魔王マリエールとしての命令だ」

「はっ！　魔王様の命令なら従います」

カウィンは最後まで納得がいかなかったが、マリエールの命令ということで無理に受け入れた。

不承不承頷いたカウィンは、不機嫌なまま玉座の間から退出する。それを追うように文官達も、和也を出迎える準備をするために続いた。

「カウィンの忠誠はありがたいが、ちょっと度がすぎるな」

カウィンの姿を眺めていたマリエールが苦笑してため息をつく。フェイも小さく頷きながら、同意した。

玉座の間に誰もいないことを確認すると、フェイは二人きりの時だけの話し方になる。

「和也殿が王城に入る前に、マリーからもう一度、カウィンにきちんと釘を刺しといてよ。粗相をして、スラちゃん１号殿が激怒するのは避けたいわ」

「当然ね。もう少し融通が利くなら、フェイの代わりに四天王筆頭を命じるのだけどねー」

そしてマリエールも友人と話すモードで軽口を叩く。

「あら？　私はいつでも四天王筆頭の座を譲るわよ？　婚期が遠のくから」

「はっはっは。面白い冗談ね。まるで四天王筆頭だから彼氏ができないみたい――」

地雷を情け容赦なく踏み抜いたマリエールのセリフに、フェイから表情が消える。そしてフェイは上級単体攻撃魔法を連続で唱え始めた。

「『我を守るは闇の障壁！』。ちょっと！　図星だからって魔法を撃たないで――『我を守れ！　その力の根源よ壁となれ！』。だから魔法を――『集まれ魔力！　汝は不可侵の楯なり！』。話を聞きなさいってば！」

防御魔法を展開しながら叫んでいるマリエールを無視するように、フェイは魔力が尽きるまで魔法を撃ち続けるのだった。

29．和也が通れば騒動が起こる

魔王領のとある砦では、上を下への大騒動となっていた。

その砦の副官が急遽呼びだされている。久しぶりの休暇を邪魔された犬狼族の彼女は、不機嫌さを露わにしつつ部下に尋ねる。

「何があった!?」

「無の森より強力な魔物が溢れてきております！　早急に斥候部隊を出してください！」

この砦は魔王領辺境にあり、いつものどかな雰囲気が漂う静かな場所だったが、今は喧噪状態だった。部下達が慌てて言い立てる。

「無の森より強力な魔物を多数観測！」

「それはさっき聞いた！　どうすれば良いんだよ！」

「うるせえ！　こっちも仕事してんだ！」

まとまりのない報告をしてくる部下達に頭を抱えつつ、副官は尋ねる。

「司令官は？」

「魔王様から命令書が届いているため、特別室におられます。しばらくは出てこられません！」

情報が漏れるのを避けるため、魔王の命令書は特別室で受け取ることになっていた。そのため司令官と連絡が取れていないようだ。

「斥候部隊の先陣が戻ってきておりません」

副官はパニックに陥る部下達を落ち着かせつつ、矢継ぎ早に命令を出していく。

「第三陣まで出せ！　とにかく情報を収集しろ！」

続けて――

「警戒レベルは最大！」

さらに続けて――

「正面以外の扉は閉鎖。司令官は魔王様の命令書を受け取っている最中だったな。すぐに連絡がつくように部屋の前に一人張りつけておけ！」

副官の命令は的確だったが、現場は混乱したままだった。それほど無の森から現れた魔物が脅威だったのである。

あちこちで未確認の情報が錯綜する。

「魔王様の謁見者を狙ったのか⁉」

「その謁見者はいつ来るんだよ！」

「魔王様に伝言を！」

「おい、誰だ！　正面の跳ね橋を上げようとしているのは！」

「まだ仲間が戻っていないぞ！　早く下ろせ！」

「上げるんですか下げるんですか、どっちですか！」

このように現場が混迷を極めていると――ようやく司令官が現れる。

魔物の狼族の彼は、顔は狼そのもので背丈は大柄。全身からどこか気怠そうな雰囲気を漂わせ、軍服を着崩した感じで羽織っていた。

司令官が部屋から出ると、すぐに状況を察して怒号を発した。

「落ち着かんかぁぁぁ！　それでも、無の森の砦を任されている精鋭部隊か！　すぐに跳ね橋を下ろせ。警戒レベルは現状を維持！　そして副官は俺と一緒についてこい」

司令官が副官に視線を送ると、彼女は慌てて頭を下げる。

「申し訳ありません。強力な魔物が多数発生し、混乱しておりました。命令が上手く伝わっていないのは私の責任です。処罰はいかようにも――」

「そんな話は後回しだ。それよりも先方の出迎えに行くぞ」

司令官はそう言って副官の話を遮ると、そのまま砦の門に向かう。部下達に厳重警備を維持するように伝え、歩きだした。

副官は状況が呑み込めず、司令官を追いかけながら尋ねる。

「し、司令官？　出迎えというのはいったい……」

「やって来たのは噂の謁見者だ。名前は和也殿というらしい。魔王様から『丁重にもてなすように』と言われている。強力な魔物は和也殿の配下だろう」

「は？　あの、魔王様との謁見を許可されたという人間ですか？」

「ああ。だが間違うなよ。魔王様の方からお願いして実現した謁見だ。くれぐれも失礼があってはならん。この砦も和也殿に渡される予定になっている。これからの俺達の仕事は、何事もなく砦を明け渡すことだ」

副官が衝撃を受けて立ち止まる。

「え？　ここを明け渡す、ですか……」

「ああ、無の森全域を支配する和也殿への友好の証として、この辺境領を渡すそうだ」

副官はますますパニックに陥った。

「ここの領地を？　治める者がいなくて直轄領となっていたこの場所を？　……領主達や長老連中から何か言われませんか？」

「魔王様からは『気にする必要すらない』とのことだ。和也殿の戦力を見ろ。砦が混乱状態になるほどの軍団だ。ここにいる魔族達は一騎当千の者達ばかりだというのにな。領主達や長老の意向を聞いてる場合ではない」

司令官の言葉に副官は頷くほかなかった。

「おお。森を抜けたねー。平原が広がっているのが新鮮だ！　今までは木々が多かったからねー。ここなら牧場とか作れるかなー。マリエールさんに借りられたらいいねー」

和也に言葉にスラちゃん１号が「そうですね。あちらに良い感じの見張り場所があるようですから、それも含めて、牧場を作るためにお借りしましょうね」と触手を動かして答える。

スラちゃん１号は先頭を進むイーちゃんに状況を確認するため、ちびスラちゃんを派遣した。

しばらくして、ちびスラちゃんが手紙を持って戻ってくる。それを読みながら「『きゃう！　きゃうきゃ』ですか。それはそれは」と触手を動かすスラちゃん1号。

　スラちゃん1号は触手を動かしてしばらく考え込むと、隊列を整え直すように命じた。


　和也達の軍が再編成するのを見て、砦の兵士が呟く。

「なんて美しい編成なんだ。ここまで華麗に軍を動かせるとは……やはり無の森とは恐ろしい……って感心してる場合じゃない！　報告に行かないと！」

　自分の役目を思い出した兵士が、慌てて部隊長のもとへ向かう。

　報告を聞いた部隊長は、各所に散っていた部隊をすべて集めた。そして防御陣形を築き、和也達が砦にやって来るのに備えるのだった。


　砦の守りが騒がしく変化していた頃、司令官と副官が和也達のもとにたどり着いた。

「こんにちはー。魔王様の配下の人だよね？　和也だよー」

「はっ！　私が魔王領辺境に設置されている砦の司令官になります」

「私は副官です」

　軽い感じで話しかけてきた和也に、丁寧な口調で答える司令官と副官。

　表面上は冷静にしている二人だが、圧倒的な存在感を放つホウちゃんを見て、冷や汗をかいていた。また、一言も喋らず微動だにしないイーちゃん達にも圧倒されている。

司令官と副官は小声で話し合う。

「なんて訓練された軍なんだ。一糸乱れず待機している」

「そうですね。うちの部隊も練度は高いですが、ここまでの動きはできませんね」

和也がホウちゃんから降りると、スラちゃん1号が司令官と副官に近づいた。

スラちゃん1号の動きは優雅で、今回はたまたま身に付けていたサークレットとガントレットが輝いている。スラちゃん1号はホウちゃんとは違う威圧感を放っていた。

スラちゃん1号が触手の動きで、司令官と副官に話しかける。

「和也様の身の回りをお世話しているスラちゃん1号と申します。わざわざお出迎えありがとうございます。和也様も『大義（たいぎ）である』と仰っております」と伝えていたが、二人は困惑の表情を浮かべる。

「あ、あの。こちらの方はなんと？」

司令官と副官が救いを求めると、和也は首を傾げてから大きく手を打った。

「そっか。スラちゃん1号の言葉が伝わってないんだね。『スラちゃん1号なのでよろしくお願いします』って言ってるんだよー」

スラちゃん1号が「ちょっ、和也様！　通訳するならちゃんとお願いします！」と上下に弾んで抗議すると、和也は微笑みながらスラちゃん1号を抱き上げる。

「まーまー。良いじゃん別に。スラちゃん1号がすごいのなんて、みんな知ってるんだからさー。いでよ！　万能グルーミング！　機嫌を直してよー。ねえ、ねえってばー」

司令官と副官を放置したまま、和也は万能グルーミングで作りだした手袋で、スラちゃん1号のご機嫌を取り始める。

スラちゃん1号は「そんなことでは誤魔化されませんよ」と抵抗していたが、すぐに和也のグルーミングを満喫してしまうのだった。

完全に二人の世界に入った和也とスラちゃん1号。司令官は目の前の光景に困惑しつつ、恐る恐る声をかける。

「あ、あの……」

が、やはり和也とスラちゃん1号には届かない。司令官が困っていると、ルクアがやって来た。

「ご苦労様です。代わりに四天王マウントの娘であるルクアが、この場を仕切らせていただきますわ」

「おお、ルクア様！　お久しぶりです」

ルクアと面識があった司令官は、安堵の表情を浮かべた。

「久しぶりですわね。和也様のもとに客人として滞在しておりましたの。和也様が魔王様と謁見することになりましたので、道案内をしているのですわ。それはそうと、砦で防御陣形を取っている部下達に、説明をした方がいいのではなくて？」

司令官は砦の方を振り向き、ハッとした表情になる。そして後ろに控えていた副官に告げる。

「おい、防御陣形ではなく要人を出迎える陣形に変更してこい。俺は、もう少しここで話をしておく」

「はっ！　では、ルクア様、和也様、失礼します」

副官は、ホウちゃんとスラちゃん1号の威圧から逃れられることに内心ホッとしながら、砦へと戻っていた。

和也は、スラちゃん1号に話しかける。

「ねえ。せっかくだから砦に寄って休憩させてもらおうか？　みんなも疲れたでしょう？　スラちゃん1号、どう思う？」

スラちゃん1号は「いいですよ。でも、ひとまず砦に入ってから決めませんか？」と伝えてくる。

和也は司令官に向き直り、話しかける。

「ねえ、砦で休みたいんだけど……あ、そうだ！　パーティーをしてもいい？」

「え、ええ」

「やったー。じゃあ、さっそく砦に向かおう！　ここへ来るまでに肉や果物を収穫してあるんだよ。いっぱいあるから盛大にできるね。よーし。やる気が満ち溢れてきたぞー。出発進行！」

「え、ええ？　ちょっ！」

唐突な和也の号令にイーちゃんやネーちゃんの部隊が動きだすと、森の中で待機していた蜂達も続いた。

司令官は、蜂達を見て驚きの声を上げる。

「なっ！　キラービーじゃないか！　それがこんなにもなぁぁ！　リザードマン！」

リザードマンは獣人達に隠れて見えていなかった。司令官はあまりの光景に、その場で崩れ落ちそうになる。

そこへセンカがやって来て司令官を支えると、司令官の耳元にささやく。

「これが和也様のご威光です。これほど強力な魔物を率いる御方なんです。ところで、どうして魔物達が人間の和也様に心酔しているのかわかりますか？」

「い、いや。何か特別な――」

「そう、特別なのです。さすがは砦の司令官を任されるだけはある。和也様からグルーミングされれば天にも登る気持ちになり、その素晴らしさにすべての者がひれ伏し……」

それからセンカは、和也の素晴らしさを蕩々と話すのだった。その話はそれからしばらく続き――

いい加減、痺れを切らした司令官が口を挟む。

「……なあ、その話はいいから、キラービーとリザードマンについて教えてくれよ。さっきからお前おかしいぞ？」

「はっはっは。私がおかしい？　真実に目覚めたと言ってほしいな。すべては和也様のご威光なのだよ。いいか？　和也様のグルーミングを受けた瞬間、私には天の啓示が――」

「それはもう十回は聞いたよ。いいからキラービーとリザードマンについて教えろよ。新たな情報があれば、魔王マリエール様に報告する必要があるんだ」

センカと司令官は軍属時代の同期であった。

和也達の戦力情報を仕入れたい司令官と、和也の素晴らしさを伝えたいセンカは、すれ違った会話をしながら砦へ向かうのだった。


ようやく和也達は砦に到着した。

砦の前には守備兵達がおり、和也を出迎えるために武器を空に捧げていた。それを見た和也が感激して声を上げる。

「うわー超格好良い！　すごい！　すごいねースラちゃん１号」

「そうですね。練度が高いのがわかりますね。うちでも導入しましょうか」と、スラちゃん１号が触手を動かす。

和也とスラちゃんに続いて、イーちゃんやネーちゃん達の獣人部隊が入場していく。

リザードマン達が入場すると、魔族にとって竜族は天敵であるため騒然となった。とはいえトラブルになることなく、キラービー部隊が進む。

スレイプニルのホウちゃんは威風堂々行進し、光り輝くスラちゃん1号は和也の頭の上で注目を集めていた。

和也は周囲の視線など気にすることなく、ご満悦な表情で砦に入った。

「ほへー。なんかマウントさんが作った村と同じ感じだねー。なんか頑丈そう」

周囲を見回しながらそう言う和也に、副官が対応する。

「が、頑丈そう？　村？　い、いえ、ここは村ではなく砦でして……マウント様は四天王の中で最も築城に長けておられ、この辺りの砦はほとんどマウント様が作られたもので……」

「へー、マウントさんって料理だけじゃなくて築城もできるんだねー。ふむふむ。これはいいアイデアが湧きそうですな。各拠点にレストランを作るところから、マウントさんには責任者として参加してもらおう！」

副官を置き去りにして、和也は自らの構想を叫ぶのだった。

それから和也は、副官に砦の築城について細々としたことを聞いていく。砦ができ上がるまでにかかった日数、夜間に必要な灯りの数、冬は寒くないかなどである。

それらは防衛に関する質問ではなかった。どちらかといえば暮らしに関する質問だった。

この砦は和也に渡されるので、そうした機密を教えるのは問題ない。

しかし、副官は和也の質問意図がよくわからずにいた。

「あの、和也様」

「なにー？」

「砦のことを聞かれましたが、お役に立てましたでしょうか？」

感心したように砦を見渡している和也に、副官が恐る恐る問いかける。

「もちろんー。バッチリだよ！　これで問題なくレストランが作れるよ。副官さんには感謝感謝のグルーミングだね！」

「レストラン？　え？」

和也は万能グルーミングでブラシを取りだすと、副官の髪を流れるような動きで梳き始める。

「ちょっ！　突然何を！」

「大丈夫だよー。少し髪が傷んでいるように見えたから綺麗にするねー。女性が傷んだ髪のままだとダメだよー。毛先も整えようねー」

和也は、さらに万能グルーミングでハサミを作りだすと、傷んでいる毛先をカットしていく。そして、バランスを考えながら髪型までいじり始めた。

「ふわぁぁぁぁ。ものすごく気持ちがいいです」

「だろー？　よしよし。ええ感じや！　これなら男どもは釘付けやでー」

なぜか怪しい関西弁になりながら、和也が機嫌よくグルーミングを続ける。

最終的にはお肌の手入れまでしてあげ、五分もしないうちに副官は先ほどとは見違えるほど美しくなっていた。

「ほっほっほ。完成じゃ！　これがお主の真の姿じゃよ。見てみるがよい。はい、鏡ね」

「え？　こ、これが私？　嘘でしょ」

手渡された手鏡を覗き込んで呆然とする副官。手鏡にはいつもの険しい表情ではなく、若々しく笑う自分の顔が映っていた。

震えながら鏡を見つめる副官に、砦の兵士達が騒然となる。

「お、おい。和也様の隣にいるのは誰だよ？」

「副官だろ。さっきまで対応してた――なっ！　誰だよ！」

「めちゃくちゃ可愛いじゃねえか……副官殿なのか？」

「え？　あの、冷酷無比と言われている訓練の鬼？」

周囲のざわめきを聞きつつ、和也は副官に向かって嬉しそうに言う。

「ほっほっほ。周りも驚いているようじゃな。お主の美貌はもっと全面に出すべきじゃぞ！」

「和也様……なぜそのような語り方を？」

「なんかノリ！」

「そうですか？　……ってこら、お前達何をしている。和也様を出迎える準備をしないか！」

「「はっ！」」

戸惑った顔の副官だったが、恥ずかしさを誤魔化すように部下達を叱りつけるのだった。

30．宴（うたげ）の前の一コマ

「なるほどな。スレイプニルとキラービーだけでなく、リザードマンまで仲間になったと。しかし、和也殿のところに合流した魔物はどれくらいいるんだろうな。ひょっとして四十体くらいいるか？」

司令官の何気ない問いかけに、センカがため息をつく。

「四十？　四十体だと⁉　かー！　かー、なんたる馬鹿者なのだお前は！　そんなみみっちい数なわけないだろうが！」

センカは首を横に大きく振って、さらに続ける。

「いいか、スラちゃん1号様をはじめとするエンシェントスライム族が八匹、八匹もいるのだぞ！　それと、スラちゃん1号様の分体である、ちびスラちゃん殿達が五百匹以上。ん？　もっと正確な数を教えろと？　……無知なお前のために教えてやろう。ちびスラちゃん殿は神出鬼没なのだ！　なのでその数はよくわからん。そして、イーちゃん殿率いるハイドッグは七十三体おり、ネーちゃん達猫獣人は百三十七体に、モイちゃんは――」

　本来であれば秘匿するべき機密だが、センカは気にすることなく話し続ける。彼は和也が褒められ、気を良くしていた。

　そんなセンカのことを、スラちゃん1号は気にしていないようで、「まあ、こちらの戦力が伝わってしまったところで、大したことないですけどね」と触手を動かしている。

　司令官はセンカの話を聞きつつ、必死にメモを取っていた。そして周囲を見回して呟く。

「なるほど。戦力があるからこその自信なのだろうか。そういえば、マウント様とアマンダ様はどうされたのだ？　ご息女のルクア様だけが同行されているようだが……」

　司令官とセンカが熱心に話し合っていると、とある人物が司令官を呼びに来た。

「歓迎の宴の準備ができましたので、そろそろ和也殿のお相手をしてくださらないと……」

「ああ、すまん。センカから思った以上に情報がもらえてな。あいつは和也殿を褒めるといくらでも情報を渡してくれる。昔はあんな感じではなかったんだが――は？　誰だ？」

　彼を呼びに来たのは、見たこともないような美人だった。しばらく呆然としていたが、やがて司令官は、その美人が副官だと気づく。

「ふふ。やっとこっちを見てくださいましたね。どうですか？　和也殿が髪の毛を整えてくださって、髪型も変えてくださったのですよ。似合ってますか？」

嬉しそうに説明する副官の顔を見て、司令官は呆然としている。副官は恥ずかしそうに見つめ返すと、顔を赤らめた。

司令官は何も考えられず、思ったことをそのまま口にする。

「あ、ああ、なんというか、その……いや、よく似合っているぞ。そうじゃなくて、ああ、そうだな。よく似合っている」

「ふふっ。なんですかそれ」

頭をガシガシと掻きながら、そっぽを向く司令官。副官は思わず笑ってしまう。

しばらく二人の間に甘い空気が流れていたが……扉の外から複数の気配を感じた司令官が、そっと扉に近付くと思いっきり開いた。

「「「うわぁぁぁ」」」

扉に耳を付けていた部下達が、部屋に雪崩（なだ）れ込んできた。

「やばい！」

「おい！　早くのけよ！」

「で、どうなったんだよ？」

「ばっ！　知らねえよ！」

「わ、私は止めようとしたのですよ！」

慌てて逃げだそうとする者や、愛想笑い(あいそわら)を浮かべて後ずさる者がいる。その一方で、ニヤニヤと笑みを浮かべて二人を見る者もいた。

副官の怒声(どせい)を上げる。

「な、な、な、何をしているのですか！　貴方達は！　和也様を迎える準備をしなさいと言ったじゃないですか！　許しません！」

「ヤバい！　副官が怒ったぞ！」

「いつものことだろうが」

「もうちょっと気配を消せよ！　そうすれば良い感じになったのを見られたかもしれないのに！」

「いい。副官殿の表情がいい」

一斉に逃げだす部下達。それを真っ赤になって追いかける副官。

そんなドタバタ劇を見て、司令官は冷静になる。軽く首を振ってから報告書に目を落とし、内容に不備がないことを確認すると、魔王マリエールに報告するための特別室に入った。

遠くで聞こえるのは、副官の詠唱する声と炸裂音。直撃を受けたのか、悲鳴を上げている部下達の声も聞こえる。

「さて、まずは報告だな。それと、和也殿を送りだしたら副官をデートに誘うとしようか。あんな表情を見せられたら、男として対応してやらないとな」

司令官は決心したような表情で、そう小さく呟くのだった。

31．宴が始まる

「では、和也殿から一言をお願いします」

司会の魔族からそう促された和也は、宴会会場に集まった面々を見渡して告げる。

「俺達のためにパーティーを開いてくれてありがとう！　せっかくだから、俺達も色々と食べ物を用意したから食べてねー。お酒もいっぱい持ってきたよ！　では、かんぱーい！」

「「「うぉぉぉ！」」」

「かんぱーい！」

和也の唱和に全員が勢いよくコップを掲げる。

「和也様のご慈悲に感謝するのだぞ！」

「さっきから美味そうな匂いがしてるんだよ！」

「俺はあっちで用意されている酒に興味があるぞ！」

用意されたのは、砦に備蓄してあった食料や酒など。今回の宴で、備蓄されていたそれらすべてが供給されたらしい。

なお、見張り役は交代制で必要最低限の人数になっており、酒を飲まない代わりに、後で各人に酒が支給されることになっていた。

砦の兵士達は、和也が用意した肉や酒に群がって声を上げる。

「うまっ！　なんだこれ！」

「おおおお……なんか知らんが美味すぎるぞ。この噛めば噛むほど溢れてくる肉汁！　お代わりは？　食べきれないほど用意しただと！　その挑戦受け取った！　すべてを喰らい尽くすのが魔族の流儀だ！　その神髄を見せてやる！」

「飯も美味いが酒も飲んでみろ！　甘いのに酒精が強くて一気に気分が良くなるぞ」

何度もお代わりをする者。周りに肉を持っていって宣伝する者。浴びるように酒を飲む者。多くの兵士達が歓喜していた。

「これだけ酒精が強ければ、酒に強い副官に飲ませて酔い潰——くはぁ！」

きつめの酒を副官に持っていこうとした兵士が、司令官からの威圧を受けて真っ青な顔になって倒れた。

副官が兵士を介抱に向かう。

「医務兵を呼んでください。こんな短時間で酒に酔って倒れるなんて。念のために医務兵が来るまでは動かさないように」

「ほっとけほっとけ。和也殿の酒が美味すぎて一気飲みでもしたんだろう。それよりも和也殿の相手をしないとな。ほら、こっちに来いよ」

司令官はそう言うと、問答無用で副官の手を握って引っ張った。

「そういうわけに……ちょっ！　司令官、手を！　……ついていきますから！　ちゃんとついていきますから」

副官は抗議をしようとしたが、顔を赤らめて大人しくついていった。周囲から、からかうような声が上がる。

「ひゅーー！」

「おお、司令官やるな」

「副官ちゃーん。次は俺達のところにも来てくださいよー」

「照れないで、そのままゴールインしてくださいよ！」

はやし立てる部下達に向かって、副官が威圧する。

「誰ですか！　今、『副官ちゃーん』と言ったのは！　後で絞めますからね！」

司令官は嬉しそうに笑いつつ、そのまま和也のもとにやって来た。そして笑みを浮かべて話しかける。

「和也殿。楽しんでくれてますか？　いや、むしろこちらの方が楽しんでますね」

「いいよー。こっちも楽しいよ。それにしても面白いよね。魔族の流儀って。出された物を食べ尽くそうとするんだから。そうなると『負けてなるものか！』と、こっちも張り合ってしまうよね。今のところは負けなしだよ！」

「はっはっは。ちなみにこちらの肉は何の肉で？」

「そうですね。私も気になります」

一口食べれば極上な味わいが広がり、次が欲しくなる。その肉は、無限に食欲を刺激するような味だった。だが、和也に魔物の肉の名前などわかるはずもなく、和也は首を傾げて「そういえば何の肉か知らないなー」と呑気に笑った。

スラちゃん1号が「どれも同じような食肉ですよ。和也様に懐かない者は――ねえ？」との感じで伝える。間に入ったセンカを通して、そのことを知らされた司令官が呟く。

「は、はあ。そ、そんなものですか……いやー。はっはっは。そうですか、そんなものですか。それはそうだなー。なあ、副官」

「そ、そうですね。その通りだと思いますよ。ふっふっふ。それでいいと思います。お肉は美味しければ良いですからね。そうですよね、司令官」

スラちゃん1号が冗談を言ってるように感じなかった二人は、背に汗をかき、なんとか笑みを浮かべるのだった。

遠くでは、魔族とリザードマンとやり合っている。

「なんだよ。俺ってリザードマンは極悪非道だと思っていたよ。もっと早く言えよー。結構、話がわかる奴じゃないないか。ほら肉喰えよ！　どっちが大量に食べられるか勝負しようぜ。こういった勝負なら平和だよなー」

「きしゃー。きゃしゃしゃしゃしゃ」

魔族とリザードマンは肩を組んで楽しそうに肉を食べ合っていた。

その隣ではコックの魔物が、キラービーが作った蜂蜜を材料として、料理をしている。それを試食しながら、魔物やリザードマンが酒を飲む。

ホウちゃんが遠巻きに見ている魔族に近づいては、力を誇示するように嘶く。

スラちゃん1号はそんな光景を見つつ、「ふふ。いい感じで交流ができていますね。これならこちらでの牧場経営も上手くいきますね」と触手を動かした。

和也はお肉を大量に頬張りながら頷く。

「ほうはね。みんははかやくしてくれへるから、こっひもうれひいね（そうだね。みんな仲良くしてくれているから、こっちも嬉しいね）」

司令官は苦笑しながら、副官を探していた。

どうやら副官は部下達に捕まってしまったらしい。彼女は普段とは違う姿をからかわれて赤面しているようだった。しばらく、からかわれながらも嬉しそうな顔をしていたが、部下の一人が何かを呟いた途端、副官は真顔になって全力で殴りつけた。

「えええ！」

和也は思わず肉を呑み込んで叫ぶ。

ふっ飛ばされた部下はしばらく痙攣していたが、やがて動かなくなった。心配する和也に向かって、司令官は軽く手を上げて言う。

「『普段からその恰好してくださいよ。鬼のような鉄仮面を外して』とか言ったんでしょう。周りの者も笑ってますから気にしないでください」

「そ、そうなの？　魔族さんって殴るのが好きなんだねー。マウントさん一家もそんな感じだったから。大丈夫だったらいいけど。え？　どうしたのスラちゃん1号？　え？　乳を出す動物がいるかを聞いてほしいって？」

スラちゃん1号が和也に質問するように触手で突いてきた。すると、その会話を聞いていた司令官が答える。

「ああ。おりますよ。必要でしたら用意しましょうか？　魔王マリエール様から『和也様から要望があれば応えるように』と言われておりますので」

「やったー。用意してくれるって！　このまま司令官と話したいからグルーミングしよう！　いでよ！　万能グルーミング！」

和也は霧吹きを作りだし、司令官の身体に勢いよく吹きかけていく。そして、ブラシとタオルを作りだし、司令官の全身をグルーミングしていく。

「え？　ちょっと和也様、何を？」

「いいから、いいから！　大人しく俺に身体を委ねなさい。そして副官さんと同じようにつやつやになるのです。いいですぞー。今のところ満足度１００パーセントで、リピーター続出でございますよー。ふっふっふ。ふむふむ。まったくお手入れをしておりませんなー。せっかくの体毛が無駄になっておりますぞ。これは素材の無駄遣いでございますなー」

　狼族である司令官の毛並みは、本来なら透き通る青色なのだが、身だしなみに無頓着な彼は何もせずにほったらかしだったため汚くなっていた。

　突然のグルーミングに困惑する司令官だが、和也がブラシを動かすごとに襲ってくる心地よさに、思わず目を閉じて身体全体で感じる。

　そして、しばらくすると心地よさが睡魔となって襲ってくるのだった。

「…………れいかん。司令官。起きてください。主賓の和也様を放置して寝るのはダメですよ。ほら、起きてください」

　司令官が目を覚ますと、目の前に副官がいた。

「ああ。和也殿のグルーミングを受けて寝てしまったのか。もてなしは失敗だな。責任者の俺が寝るなんてな」

「いえ。そうでもありませんよ。和也様のグルーミングは至上のテクニックです。そのまま受け入れて眠った貴方は有望ですよ」と伝えて上下に弾んでいるのは、スラちゃん1号だった。

スラちゃん1号に感謝を伝えようとした司令官だったが、違和感を覚えて首を傾げる。

「え？　スラちゃん1号殿の言葉がわかる？　え？　今、喋ったのってスラちゃん1号殿ですよね？　だよな？　副官？」

「ええ。そのようです。どうやら和也様からグルーミングを受けるとスラちゃん1号殿やホウちゃん殿の言葉がわかるようになるみたいです。原理は当の本人である和也様もわからないとのことでした」

「なんてこった。また魔王様への報告が増えたじゃねえか……」

当然のように話しているスラちゃん1号と、事情を聞き報告をしてくれた副官を見ながら、司令官は小さく呟きつつ、ため息をつくのだった。

32．報告されても困る魔王城の面々

「……となります。報告は以上です」

「……えっと、もう一回教えてもらっていい？」

いつもの威厳ある魔王の声ではなく、少女のような声が司令官の耳に届く。

彼は今、砦の特別室から魔王マリエールに、和也に関する情報を伝えていた。報告をしている俺も意味がわからないからな、と思いつつもう一度告げる。

「はっ！　スラちゃん１号殿との会話に成功しました」

「そっちじゃなくて！　いや、そっちも意味がわからないんだけど、その前に言ったやつ！」

「ですから、和也殿からグルーミングを受けたことで、スラちゃん１号やホウちゃんと会話ができるようになりました。また、キラービーやリザードマンが何を言っているかもわかるようになっております」

「それはよかったですねーわたしはようじができたのでかえりますあとはまおーさまのごしじにしたがうように。『ここにいることを拒絶する――」

四天王筆頭フェイの詠唱が聞こえ始めたところで、マリエールが割って入る。

「ちょっ！　それ瞬間移動魔法でしょ！　逃がさないわよ！　『我は阻害(そがい)する不可思議な魔力を形成する。汝はこの場を支配することは叶わず』」

「ぎゃー！　何するのよ！」

「それはこっちの台詞よ！」

マリエールとフェイが通話先で争っているのを聞きながら、司令官はゆっくりと椅子に座り直した。そしてため息をつくと、副官に飲み物を持ってくるように伝えた。

しばらくして副官が戸惑いながらやって来る。

「私が入っても良かったのですか？　ここは報告の間ですよね？　あ、はい。コーヒーです」

「なんだよ。酒じゃないのか？」

「当然です。魔王様へ報告されているのに駄目でしょう！」

「ちょっと飲まないとやってられない気分なんだよ。しばらく時間がかかりそうだから、副官も座れ」

副官は椅子に座りつつ、興味深げに部屋の中を見渡した。

初めて見る宝珠(ほうじゅ)の輝きに目を奪われる。その宝珠からは、若そうな女性二人が喧嘩をしている声が聞こえていた。

「あの？　これが報告をするための宝珠ですよね？」

副官が尋ねると、司令官はコーヒーを飲みながらそうだと答える。

副官は、宝珠から聞こえる声が歴代最強と名高い魔王マリエールと、自分が目標としている四天王筆頭のフェイのものであると知り、微妙な顔になった。

「……冗談ですよね？」

「だったら良かったんだがなー。間違いなく、お前が憧れているフェイ様だよ。色々と諦めて、お前も飲み物持ってこいよ」

司令官の表情を見て、冗談ではないと理解した副官は、自分の中で魔王と四天王のイメージがガラガラと崩れていくのを感じた。

彼女は小さくため息をつくと、自分の飲み物を用意するために席を立つのだった。

「だーかーらー。もう、諦めて一緒に報告を聞いてよー！」

「はー⁉　嫌なんですけど？　スレイプニル？　キラービー？　それに不倶戴天の敵であるリザードマン？　どうしたらいいのよ？」

フェイは、腰にしがみつくマリエールを振り払って、逃げだそうとしていた。

マリエールが先ほど唱えたのは、すべての魔法を消し去り、一定時間魔法を発動できなくするという、対勇者用の禁呪であった。

マリエールが不敵な笑みを浮かべて告げる。

「ふっふっふ、逃がさないわ！　魔王城全体に発動しているからね。しばらくは肉弾戦しかできないわよ！　我に逆らうことの愚かさを全身で感じるがよい」

「ちょっと！　なんてことしてるのよ。そこら中で大惨事が起こるんじゃないの⁉」

フェイの心配通り、各所から報告が上がってくる。

「なぜか魔動計が止まりました！　竜族の動向がつかめません！」

「空挺部隊との交信が途絶えました！　このままでは遭難します」

「ちょっと掃除ができないじゃない！　誰よ、ブレーカー落としたのは⁉」

すでに被害が出ていることを聞きつつ、マリエールの全身から冷や汗が流れる。その様子を見ながらフェイが無表情で問いかけた。

「この禁呪はいつ解除されます？」

「使ったことないからわかんない。えへ？」

「『えへ？』じゃないですよ！　魔王城が完全機能停止してるじゃないですか！」

「だって！　フェイが報告聞かずに逃げるからじゃない！　報告？」

「「あっ」」

砦の司令官から報告を受けている最中なのを思い出した二人は、慌てて宝珠に向かって話しかける。

「ちょっと聞こえているかしら？」

すると、宝珠の向こうから司令官が返答する。

「……ええ。私と副官の、魔王様への忠誠心が盛大に揺らぐぐらいは聞こえておりました」

「面白い冗談じゃないか」

「そうですね。本当に面白い冗談ですね。ふふふ」

マリエールとフェイは乾いた笑い声を上げるのだった。

魔王城が混乱の最中にあるのはさておき、砦の方では色々と話が進んでいた。

その場には、司令官、和也、スラちゃん1号のほか、副官も同席している。副官が和也に向かって告げる。

「これからは私が責任者となります。山牛の提供を求められていると聞きましたが、間違いないでしょうか？」

「そうなの？　じゃあ副官さんよろしくね。山牛さんには早く来てほしいなー。牛乳を搾(しぼ)ってプリンとかチーズとかヨーグルトを作るんだー」

和也の発言にスラちゃん1号が「和也様が牛乳を使われたい理由はよくわかりました！なんでも作れる量を確保しますね」と触手を動かす。

続いて司令官が言う。

「俺達の一族は牛が絶滅したから魔王様に仕えたとさえ聞かされています。長老に話を聞けば、育て方も搾乳の仕方もわかりますよ」

すべて順調に進みそうで、和也は嬉しそうな顔をする。和也はスラちゃん1号を地面に置くと、司令官の両手を取って勢いよく上下に振った。

それから副官を呼ぶと、二人の手を取って言う。

「二人に任せられるなら嬉しいよ。これからも夫婦仲良く頑張ってね！」

「「はっ！　……は？」」

和也の言葉に二人はハモりながら疑問符を浮かべた。

和也は、冗談交じりに話す。

「二人って夫婦じゃなかったの？　そんなに息が合ってるのに夫婦じゃないなんて。これはご夫婦になってもらわないとですなー。そう思わない？　スラちゃん1号」

「そうですね。お似合いの二人ですね。私達が魔王城に向かう前に結婚式を挙げましょう。盛大な宴会をしましょうね。これから二人には頑張ってもらいたいので。さっそく準備を始めませんと」と、スラちゃん1号はさっそくちびスラちゃん達に指示を出した。

慌てたのは、司令官と副官だ。

二人は、まだ付き合ってすらいない。和也のグルーミングで劇的に変わった副官の様子が気になり始めている司令官と、以前より恋慕の情を寄せながらも、自分では釣り合わないと諦めていた副官。

　そんな恋人未満の二人に降って湧いた、突然の結婚話である。

「いやいやいや！　ちょっと待ってくださいよ！　いきなり結婚式と言われても」

「そ、そ、そうですよ。突然言われても司令官が困ってしまわれます。私は問題ありませんが……」

　司令官に続いて、恥ずかしそうに言った副官。

　司令官がギョッとした顔になる。

　副官がすでに自分を好きであるとは思わなかった。真っ赤な顔で小さくなっている副官を見て、司令官は気合いを入れると、副官の前に跪く。

　そして告げる。

「俺と一緒に未来を歩んでくれるか？　苦労をかけないことを和也殿とスラちゃん1号殿に誓おう」

「もちろん喜んでお受けします。昔から司令官のことをお慕いしておりました」

　結婚を強制したはずの和也が慌てだし、アワアワし始めた。

「うわぁぁぁ。プロポーズだよ、スラちゃん1号！　すごいね。初めて見たよ！　どどどどどうしよう！　今さらだけど俺って無理やりに二人を結婚させちゃった？」

　混乱状態の和也に、司令官と副官が近づく。そして二人は、爽やかな笑みを浮かべて感

謝の言葉を伝える。

「和也殿。感謝しておりますよ。これから少しずつ距離を縮めようかと思っていたのが、一気にゴールインまでできたのですから」

「私もです！　昔からお慕いしていた司令官と結婚できるなんて。和也様からグルーミングを受けてから運気が上がりました。まさに救世主です！　ありがとうございます！」

「よ、よかったよー。どうしようかと思ったよー。盛大にお祝いをしないとねー」

嬉しそうにしている和也を見て、スラちゃん１号は満足げに跳ねると、どんな料理を用意しようかと悩み始めるのだった。

33．次は結婚式ですよね？

「うぉぉぉぉ！」

「カンパーイ！」

「おい、リザードマンも飲めよ。え？　肉の方がいいって？　知ってるよ！」

「その前に乾杯だ！」

「司令官と副官が結婚するんだぞ！　これから三日は肉祭りだ！」

「キ、キシャ？」

「キシャァァァ！」

大量の肉を前に、砦の魔族とリザードマンが楽しそうに騒いでいた。

昨日に引き続き宴会をすることになり、宴会場所はスラちゃん1号達がいつの間にか作っていた牧場の一角が使われることになった。

突然の司令官と副官の結婚ということで飲めや歌えの宴会となったが、一応、正式な準備も進められ、副官の一族は遠く離れたところに住んでいるという長老に連絡しに行った。

そして数日後、結婚式が行われることになった。

魔族流の結婚式は大量の肉を参加者全員で数日間にわたって食べるというものだったが、今回は和也オリジナルの結婚式が行われることになった。

純白のウェディングドレスに身を包み、花を手にした副官が恥ずかしそうに言う。

「あ、あの和也様。このようなドレスは着たことがなく……できれば軍服でお願いできませんか？　軍服なら正装もありますので……本当に恥ずかしくて」

「のんのん！　ノンノンですなー！　却下ですよ！　結婚式といえばウェディングドレス

ですぞ。これは古来伝えられている我が家の伝統なのです。それに似合っているから！　可愛いよー。いでよ！　万能グルーミング！　ほら座ってー。髪を整えようねー」

和也は間髪を容れずに万能グルーミングでブラシを作りだし、恥ずかしがる副官をブラッシングしだした。

「わぅぅぅぅ。そうですね。和也様のお国の結婚式なら幸せになれそうです」

副官はそう言いつつ、実際幸せそうな顔になっていた。

和也は無の森を掌握し、大量の魔物を従える、魔王マリエールさえ一目置く傑物である。そんな彼からブラッシングをされ、結婚式まで執り行ってもらえるのだ。そう考えて副官は、心から幸せを実感していた。

眠るように目を閉じる副官に、和也は尋ねる。

「副官さん、寝てないよね？　もうすぐ結婚式が始まるんだよ？」

「幸せを噛みしめていただけですから」

副官は改めて和也に目を向けた。

その姿は普通の人族にしか見えない。そんな彼が、神獣スレイプニルを従え、エンシェントスライムにさえ慕われているとは到底信じられなかった。

「見た目ではわからないものですね」

聞き取れないような音量でそう呟き、ため息をついた副官に、和也は尋ねる。

「どうしたの急に？　お腹でも減ったの？　ああそうか！　お化粧（けしょう）してウェディングドレスを着てるから、たくさん食べられないんだー」

　副官は笑みを浮かべると、首を横に振る。

「ちょっと感傷（かんしょう）に浸っていたんですよ。ところで和也様、そろそろ司令官のもとに向かいませんか？」

「そうだねー。もう一人の主役が待ってるからねー」

　和也はそう言うと、グルーミングを完了させ、最後の仕上げとして副官の服装を整えてあげた。そして副官の手を取って、式場となっている場所へ向かった。

　式場に現れた副官を、砦の魔族と、副官の一族である犬狼族の魔族達が歓声を上げて迎える。

「おおー！」

「真っ白なドレスだと！」

「和也殿の国のドレスだそうですぞ」

「『貴方色に染まります』との意味だろう」

「くそー。もっと早く副官殿に言い寄っていれば！」

「副官殿が昔から司令官一筋だったのは、丸わかりだったじゃねえか」

「やっと孫にも、立派な伴侶となる婿殿が」

「『戦場が私の結婚相手です』と言ってましたからね」

和也に手を取られ、ゆっくりと歩む副官。

彼女の服装を見て、集まっていた者達は騒然としていた。特に副官の一族である犬狼族はハイテンションであった。徹夜でこの場に駆けつけたにもかかわらず、である。

犬狼族の長老が、和也に駆け寄って告げる。

「和也殿。孫娘にこれほど立派な婿殿を与えてくださるなんて、どう感謝をお伝えすればいいか。我が犬狼族は、和也殿にも忠誠を誓いますぞ」

そこへ、慌てて副官が割って入る。

「おじいちゃん！　和也様が困っているから！」

「え？　おじいちゃんなの？　ものすごく格好良い！　このおひげ！　後で絶対にブラッシングさせてね。その前にまずは副官さんを司令官さんのもとに届けないと！　後でゆっくりとお話をしようねー」

和也は、副官の祖父であるという長老の髭に釘付けになっていた。

副官をはじめとする犬狼族達は和也が困ってしまったとしてあたふたしていたが、スラちゃん１号だけが「和也様、今すぐグルーミングをしようとしていますね」と心配していた。

副官を迎えた司令官が、緊張しながら犬狼族の長老に話しかける。

「犬狼族の長老。副官……ルイーゼを、俺は生涯を懸けて幸せにします。飢えさせることはありません。それに、子だくさんの家庭を築きます。和也殿から祝福を受けた幸運なルイーゼに、苦労はさせません」

長老が嬉しそうに応える。

「もちろんですぞ。この子は我らの宝。新しい一族を作ってもらわねば困りますからな。この砦の司令官の力量、信じておりますぞ！　これからも孫娘をよろしく頼みます」

犬狼族の長老と司令官の話が続く中、和也はヨダレを流さんばかり、長老の髭に釘付けになっていた。

一方その頃。
和也達が結婚式をして随分長い道草を食っている——と知る由もない魔王城の面々は、和也達の訪問を、期待と不安の入り混じった複雑な気持ちで待ち続けるのだった。

あとがき

皆様、お久しぶりでございます。作者の羽智遊紀です。

前巻では、主人公の和也さんの能天気っぷりや、スラちゃん1号の素晴らしさや、イーちゃんやネーちゃんの可愛さを含めたワチャワチャした感じと、魔王領の大慌てっぷりを中心に書きました。そして、二巻に続くわけですが、今回のあとがきでも作品の誕生秘話に関わる後日談をお話ししたいと思います。

と言いますのも、前回のあとがきで触れた通り、本作の執筆は我が家の次男坊（子うっちー2号）の要望がきっかけでした。その後、書籍化が決定したことを彼に伝えたのですが……そりゃあ、もう凄い喜びようでしたね。なにせ自分が原作者も同然ですから。さらにそのことを翌日、彼はクラスメイトにこう自慢したそうです。「僕が考えた作品が書籍化されるねん」と。ところが、次の会話を耳にして、私は思わずギョッとしてしまいました。

お友達　凄いやん！　作品の名前はなんて言うの？
子うっちー2号　分からん！

え？　ちょっと待って？　『分からん』って……。帰宅した彼から「お父さん。作品の名前って、なんやったっけ？」と聞かれた時の私の気持ちが、皆さん、ご理解いただけますでしょうか。衝撃でした。思わず呆然としてしまい、これから書くストーリーの続きが頭からすっ飛びそうになりましたよ。ちなみに、その後のお友達との会話がどうなったのかは、とても聞けませんでした……。我が子ながら末恐ろしい限りです。

とまあ、二巻が誕生するまでにも、こんな裏話があったわけですが、今巻でも和也さんはやりたい放題、自由気ままに活動します。そのさなかで増えていく仲間達。それを真っ直ぐに見守っているスラちゃん1号と、サポートする無の森の面々。和也さんが行動するたびに大混乱を起こす魔王マリエールや四天王筆頭フェイなど、エンジン全開、見所満載の内容となっております。

グルーミング能力が世界を変えていく本作を、是非、お楽しみいただければ嬉しいです。

最後になりますが、今回も本作を手に取っていただいた読者の皆様に、心より感謝いたします。次巻でも、皆様とお会いできれば幸いです。

――皆様に、幸せが満ち溢れますように。

二〇二〇年六月　羽智遊紀

アルファライト文庫

ご感想はこちらから

本書は、2019年7月当社より単行本として
刊行されたものを文庫化したものです。

魔物(まもの)をお手入(てい)れしたら懐(なつ)かれました 2
もふプニ大好(だいす)き異世界(いせかい)スローライフ

羽智遊紀（うちゆうき）

2020年 7月 31日初版発行

文庫編集－中野大樹／篠木歩
編集長－太田鉄平
発行者－梶本雄介
発行所－株式会社アルファポリス
〒150-6008東京都渋谷区恵比寿4-20-3恵比寿ガーデンプレイスタワー8F
TEL 03-6277-1601（営業） 03-6277-1602（編集）
URL https://www.alphapolis.co.jp/
発売元－株式会社星雲社（共同出版社・流通責任出版社）
〒112-0005東京都文京区水道1-3-30
TEL 03-3868-3275
装丁・本文イラスト－なたーしゃ
文庫デザイン—AFTERGLOW
（レーベルフォーマットデザイン－ansyyqdesign）
印刷－中央精版印刷株式会社

価格はカバーに表示されてあります。
落丁乱丁の場合はアルファポリスまでご連絡ください。
送料は小社負担でお取り替えします。

ISBN978-4-434-27609-5 C0193